아무 일도
없었던
것처럼

아무 일도
없었던
것처럼

표명희 소설집

강

차 례

밤의 소리.mp3

밖이 소란하다. A는 반사적으로 모니터 하단의 시계를 본다. 자정을 막 넘긴 시간…… 이 공동주택 단지에서 흔치 않은 일이다. 주차 문제, 아니면 층간소음으로 드잡이라도 하는 건가? 지난겨울, 소음으로 생긴 이웃 간 다툼이 살인으로 치달으면서 층간소음이 사회문제로 떠올랐다. 소음 판정 기준을 10데시벨이나 낮춰 잡고 층간 바닥 두께를 골자로 한 건축법 개정이 이뤄지면서 피해자를 더 보호하는 쪽으로 가고 있다. 희생양이 제물로 따라야 변할 조짐을 보이는 건 문명 이전이나 별 차이가 없어 보인다.

베란다 쪽으로 향하던 A는 식탁 위의 커피 봉지를 보면서 주춤했다. 이참에 커피나 한잔할까. 소란을 틈타 잠깐 분쇄기를 쓰면 될 것 같았다. 책상에 앉을 때부터 커피 생각이 간절했건만 늦은 시간이라 참았다. 몰상식한 주민이 되고 싶지 않았다. 낮과 밤이 바뀌고 나니 불편한 일이 한두 가지가 아니었다. 오른손에 맞춰진 세상에서 갑자기 왼손잡이가 된 기분이랄까. 출퇴근 생활이 차라리 나았나, 싶기도 했다. 하긴, 그랬다면 '죽기 전에 꼭 봐야 할 영화 100선' 감상 같은 건 엄두도 못 냈을 것이다. 프리랜서의 특권을 누리듯 오늘도 한나절은 영화 감상으로 보냈다. 100선의 마지막 작품이었다. 다 보는 데 꼬박 두 달이 걸렸다. 50권짜리 세계명작동화 전집을 독파했던 초등학교 5학년 겨울방학 생각이 났다. 그때는 대단한 일을 해낸 듯 뿌듯했지만 이번에는 그렇게 단순한 감정이 아니었다. '죽기 전에 꼭 봐야 할'이라는 수식어 때문인지 다 보고 나니 죽을 일만 남은 것 같았다. 그리 나쁜 기분도 아니었다. 밀린 일거리를 떠올리면 휴식의 보장 같기도 했고, 죽고 사는 문제에 좀더 초연해진 것 같기도 했다. 명화 100편 감상의 효과였을 수도 있다는 생각도 들었다.

A는 커피 봉투를 연다. 원두 표면에 기름기가 막 배어나기 시작하고 있다. 나흘 전에 갓 볶은 걸 사 왔으니 지금이 가장 풍미가 좋을 때다. 지나는 길에 우연히 들렀지만 운 좋게 커피를 살 수 있었다. 제값 다 내고 사면서 운이 좋았다니…… 커피숍 주인은 다음날 해외 출장을 간다고 했다. 그가 출장 중일 때는 커피 판매가 중단된다. 그는 자신이 손수 볶지 않

은 커피는 절대 팔지 않았다. 대단한 고집쟁이 바리스타였다. A는 바리스타의 고집이 녹아 있는 커피를 마신다는 사실에 한 번씩 고무되곤 했다.

분쇄기에 원두를 적당량 넣고 뚜껑을 닫는다. 분쇄 방식은 5초간 3회 작동. 그러니 전동 모터의 작동 시간이라야 15초 남짓이다. 소리에 민감한 그로서는 늦은 밤 공동주택에서 전동 기구를 쓴다는 것 자체가 '상상불가'였다. 윙— 전동 모터 돌아가는 소리와 함께 커피콩이 왁다그르르 부서지는 모습이 유리 뚜껑으로 보인다. 요란하게 튀는 모습에 비하면 소리는 오히려 차분하다. 영상에 담는다면 이 첫 분쇄 5초 동안의 소리만큼은 다른 걸 입혀야 한다. 더 거칠고 탁한 음으로. '음 분열증'은 이 커피 분쇄기도 예외가 아니다. 오늘날 소리 환경의 첫손 꼽을 특징인 그것은 오리지널을 녹음해 재생하거나 다른 소리로 대체해 재생하는 것을 말한다. 음향 기술 분야에서는 그것을 정신과 의사들이 좋아할 법한 용어로 '음 분열증'이라 한다. A도 그 말이 소리 세계의 깊고 정교함이 담긴 표현 같아서 좋았다.

위잉— 짧긴 해도 늦은 밤 그라인더 작동 소리는 분명 만만 찮은 소음이다. 옆집에서 들어도 심야 소음 기준치 40데시벨은 훨씬 넘어설 것이다. 5초 더 버튼을 누른다. 위이잉— 원두 입자가 가늘어지면서 모터 소리는 한층 부드러워졌다. 5초간 3회 작동. 별생각 없이 정한 원칙이지만 습관이 되고 나니 고집 있는 바리스타처럼 그 또한 커피 맛의 비법처럼 여겨졌다.

한동안 잠잠했던 바깥이 다시 소란스럽다. 떨어지는 커피 방울을 지켜보던 A는 언뜻 '꼴백'을 떠올렸다. 골초에 백수 사내. 그는 낮에도 가끔 술냄새 풍기며 빌라 마당을 어슬렁거리는, 같은 건물 같은 라인에 살고 있는 천덕꾸러기 이웃이다. 아래층 103호 여자는 그가 버리는 담배꽁초 때문에 현관 유리문에 '경고문'과 '협조문'과 '당부의 말씀'을 번갈아가며 써 붙였지만 문장 연습만 실컷 하고 만 셈이었다. 옆집 할아버지 말대로 상종 못할 인간이란 걸 깨달았는지 전세 계약이 끝나자 미련 없이 이사 가버렸다. '장유유서'를 우주 질서의 근본 원리로 여기는 옆집 할아버지도 꼴백과 주먹다짐 직전까지 갔던 다툼 이후로는 당신 우주관을 포기해버린 것 같았다. 몰상식한 일과 맞닥뜨리면 3동 사람들은 습관적으로 꼴백을 주범으로 떠올렸다. 이 심야의 소란도 그에게 혐의가 쏠릴 게 뻔했다. '운 나쁘게 누군가 꼴백한테 걸려든 거다'라며.

A가 사는 공동주택 단지는 서울 도심에 있는 전통적인 주택가, 그중에서도 산을 끼고 있는 단지라 더없이 한적했다. 이곳에서의 소음이라야 발정 난 고양이 울음소리, 이른 새벽 배달부들 오토바이 소리, 경비실 안내 방송 때 스피커에서 나는 잡음 정도다. 더욱이 A가 속한 3동 건물은 바로 산에 면해 있어 빌라 마당 쪽 창만 닫아놓으면 그마저 들리지 않는다. 산 쪽으로 난 창을 통해 흘러드는 새소리, 숲의 바람 소리 정

도가 소음이라면 소음이다. 그런 입지 조건이 음향 전문가인 A가 이 집을 택한 결정적 이유였다. 음향 이론상 이곳은 음경 (音景) 측면에서 '고충실도' 환경에 속했다. 먼 숲의 새소리, 물소리, 바람 소리 같은 미세한 소리까지 들을 수 있다. 음향과 소음의 비율도 적당했다. 개개의 음향이 소음에 묻혀버리는 '저충실도' 음경에서는 소리의 원근감이 사라진다. 소리 환경은 현대로 오면서 고충실도에서 저충실도로 변했다. 음영을 잃고 윤곽이 희미해지면서 소리는 단조로워졌다. 하지만 이곳은 산업화 이전의 소리 환경이나 다름없다. 음영이 살아 있고 윤곽은 또렷하며 울림은 깊다. 먼 숲에서 들리는 소쩍새와 뻐꾸기 소리도 단번에 구분할 수 있다. 그러니 심야의 소란도 더 크고 요란하게 들릴 수밖에……

커피를 마시며 바깥의 소란에 귀를 기울이던 A는 이상한 느낌이 들었다. 드잡이나 다툼치고는 왠지 소리가 일방적이고 단조로웠던 것이다. 커피 마지막 모금을 서둘러 들이켜고 일어선 A는 베란다 창을 조심스레 열고 마당을 살펴보았다. 양쪽으로 주차해놓은 자동차들과 화단의 나무만 눈에 잡힐 뿐 아무런 움직임도 소리도 없었다. 그새 상황 종료인가?

건너편 동 건물이 A의 눈에 들어왔다. 숲으로 둘러싸인 천혜의 풍광과는 대조적으로 이 년 전 재건축 결정이 난 이 공동주택 건물은 이십칠 년 비바람의 흔적이 여실히 묻어났다. 밝은 날, 먼 곳에서 보면 이 재건축 빌라 단지는 숲에 버려진 거대한 폐기물 같았다. 그늘진 외벽 벽돌 틈새에는 이끼가 잔뜩 끼어 있고 시멘트 벽면 페인트는 파충류의 허물처럼 벗겨져 너덜거렸다. 처음 집을 보러 왔던 날, 기미투성이 주인 여자는 이십오 년 동안 집값이 분양가의 세 배밖에 오르지 않았다며, 일백 배 오른 강남 집값과 비교하며 넋두리했다. 주름 깊고 병색 짙은 얼굴은 오랜 세월 집값으로 속을 끓인 탓으로 보였다. 설상가상으로 지금은 재건축마저 물 건너간 일이 돼버렸다. 건물을 볼 때마다 A는 주인 여자의 한숨이 외벽에서 흘러나오는 것 같았다.

"나와! 나오란 말야! 내가 모를 줄 알아? 당장 나오라고 씨발!"

불쑥 고함 소리가 튀어나왔다. 소리의 출처는 A의 집에서 오른쪽 사선 방향으로 보이는 건너편 동 9, 10호 라인의 화단 앞쪽이었다. 어두운데다 자동차와 나무에 가려 소리의 주인은 잘 보이지 않았다. 취기에 젖은 어눌하고 거친 발음에, 100데시벨이 넘는 사내의 목소리다. 공동주택 마당에서, 그것도 심야에 100데시벨을 넘어서는 소리라니…… A는 베란다 쪽으로 옮겨갔다. 주차된 빨간 랜드로버 지프차 뒤로 뭔가 허연 것이 잡혔다. 자세히 보니 흰 러닝셔츠 차림 사내의 뒷모습이었다. 체구나 목소리로 미루어 꼴백은 아니었다.

"나와! 나오라고! 존 말 할 때, 빨리 나와, 씨발!"

위협하듯 누군가를 불러대던 문제의 사내는 주차돼 있는

지프차 앞으로 성큼 다가서더니 바퀴를 힘껏 발로 차댔다. 굳건한 타이어 바퀴에서 퉁겨 나오듯 들리는 발길질 소리가 싱겁다 못해 우습다. 툭 툭. 발길질이 무색하도록 4륜구동의 지프차는 꿈쩍도 않았고 사내의 몸만 불안하게 비틀거렸다. 차 주인에게 하는 시위 같았지만 주인은 그림자도 어른거리지 않았다. 사내는 이내 제풀에 지쳐 떨어졌다. 바퀴에서 떨어져 나온 그는 취한 걸음으로 A의 집 쪽으로 다가왔다. 난간에 붙어 서 있던 A는 반사적으로 뒤로 물러났다. 자신의 존재를 들키고 싶지 않았다.

"나와, 이 씹새야. 안 나와? 누군지 다 알고 있다고. 나오란 말야! 씨발!"

잠잠하던 사내가 다시 어느 집 창을 향해 외쳐댔다. 5, 6호 라인 이층, 불 꺼진 창이다. 이미 잠들었거나 비었거나 둘 중 하나인 집. 사내의 외침은 닫힌 창문에 가 부딪치고는 허공으로 흩어졌다. 사내는 자동차와 화단 사이를 이리저리 오가다 한 번씩 고개를 쳐들고 닫힌 창들을 향해 고함을 질러댔다. 몸을 숨긴 적군들이 총구를 겨누고 있는 전쟁터에 혼자 남은 병사 같았다. 눈앞의 위험도 알지 못한 채 발악하는 눈치 없는 병사.

"에이씨, 이걸 그냥!"

사내는 다시 옆의 작은 경차에다 화풀이를 시작했다. 지프차와 달리 황금색 마티즈는 그의 발길질에 쉽게 흔들렸다. 그러더니 뭔가 휘청했다. 사내가 헛발질을 하면서 중심을 잃고 고꾸라진 것이다. '퍽—' 차고 단단한 시멘트 바닥에 뼈와 살로 이루어진 유기체가 무자비하게 부딪치는 소리. 아니 그건 부딪치는 소리가 아니라 접합하는 소리라고 하는 게 맞았다. 이질적인 두 사물이 밀착하는 소리였다.

A는 눈길을 조심스레 사내에게로 돌렸다. 소리란 소리는 사내의 등판으로 다 빨려 들어간 듯, 바닥에 엎어져 있는 그의 하얀 러닝셔츠 위로 정적이 감돌았다. A는 콧잔등의 땀을 닦았다. 차가우리만큼 창백한 고요가 흘렀다. 무음의 순간은 그를 긴장시켰다.

웅얼웅얼 둔중한 중얼거림이 흘러나오면서 사내가 고개를 움직였다. 그는 손으로 바닥을 짚고 가까스로 몸을 일으켰다. 땅바닥에서 완전히 벗어난 그는 비틀거리는 걸음을 다시 옮겨놓았다. 언제 바닥에 고꾸라져 있었나 싶도록 다시 기세가 등등해졌다.

"안 나와, 이 씹새야. 빨리 나오란 말야. 다 알고 있다고. 씨발! 비겁하게 숨어 있지 말고 빨리 나와!"

A는 움찔했다. 꼭 자신한테 하는 소리 같았다. 사내가 등을 돌리고 있지만 않았어도 자수하듯 두 손 들고 마당으로 나섰을지도 몰랐다. 사내가 찾는 범인은 어느 누구도 아닌, 바로 A 자신 같았다. 숨어서 남의 치부나 엿보는 소심한 인간……

그때였다. 건너편 건물 베란다에서 얼핏 누군가 서 있는 모습이 잡혔다. 5, 6호 라인 삼층 베란다. 자세히 보니 비쩍 마른 얼굴에 검은 뿔테 안경을 걸친, 영락없는 수험생 인상이다. 녀석의 손에 스마트폰이 들려 있다. 사내의 소란을 폰에 담고 있었던 것일까. 요즘 사람들은 무슨 일이든 반사적으로 폰부터 연다. 음식 앞에서도 수저 대신 휴대폰부터 챙겨 드는 세상이니, 앞으로는 요리 인증 샷이 식사 예절의 기본이 될지도 모른다. A의 시선을 알아챈 수험생 녀석은 서둘러 안으로 들어가버렸다. A는 녀석이 담은 동영상이 어쩌면 취한 사내가 아니라 A 자신일지도 모른다고 생각했다. 기분이 찜찜했다.

삼층짜리 건물에 다섯 라인이 있는 건너편 동은 모두 서른 가구다. 자정이 넘었지만 절반 정도는 아직도 불이 켜져 있다. 창가에 한 번씩 그림자가 비치는가 싶다가 이내 스쳐갈 뿐이다. 경비도 보이지 않았다. 입주민에 대해 '을'의 처지인 경비는 이런 경우 나설 입장도 못 되었다.

순간, 경광등 불빛이 어지럽게 흘러들었다. 순찰차다. 드디어 해결사가 나타난 것이다. 차는 마당 입구에 멈추더니 유도 선수 같은 거구의 경관이 차에서 내렸다. 그는 거수경례를 하며 사내에게 다가섰다. 사내는 기다리고 있었다는 듯 반갑게 경관을 맞았다. 소란의 주범이 아니라 궁지에 내몰려 있던 피해자 같은 태도였다.

"선생님, 이 야심한 밤에 무슨 일이신지요?"

경관의 어조와 태도는 의외로 행사장에 자원봉사 나온 도

우미 같다.

"아 순사 나리, 마침 잘 왔소, 이거 좀 봐보라고."

사내의 목소리와 태도가 돌변했다. 어른한테 고자질하는 아이처럼 그는 경관의 손목을 잡고 화단 앞으로 이끌었다.

"이, 화분 말요. 이거, 이게 우리 집 화분이거든."

경관이 사내에게 소리를 낮출 것을 당부했다.

"글쎄, 이 화분 좀 봐보라니깐, 이게 울 아버지가 나한테 물려준 거라고. 그런데 어떤 빌어먹을 인간이 나무를 파내고 여기다 고추를 심었어, 이 화분에다가. 이게 육십 년 된 나무란 말요, 울 아버지가 물려준……"

사내의 이야기는 그가 일으킨 소란에 비하면 실소가 날 만큼 애틋했다.

"근데, 파낸 나무는 어디 있습니까?"

화단을 유심히 들여다보던 경관이 물었다.

"저기, 저거잖소. 저거."

"아니, 이건 죽은 나무잖습니까?"

"뭐얏. 죽긴 뭐가 죽었다고 그래!"

사내가 팩 소리를 내질렀다.

"쉿, 선생님, 조용, 조용히."

경관이 집게손가락을 입술에 조심스레 얹어놓았다.

"죽었나……?"

사내는 중얼거리며 화단을 다시 들여다보았다. 한참을 골똘히 들여다보던 그가 고개를 쳐들었다.

"설령 죽었다 쳐. 그럼, 죽은 나무는 화분에서 파내도 된다는 거야? 죽은 나무가 집도 없이 저렇게 바닥에 나뒹굴어도 되냐고? 뿌리가 파헤쳐졌잖아, 뿌리가. 벌거숭이처럼 집도 없이."

사내가 다시 흥분했다.

"선생님, 계속 이러시면 파출소로 연행될 수 있습니다."

경관이 당근 대신 채찍을 내비쳤다.

사내의 태도가 금세 누그러들었다.

"물론 수명이 다됐지. 육십 년을 살았으니까. 경찰 양반, 나무한테 화분은 집인 거 아니요? 살아서는 집이고, 죽어서는 관이란 말이지. 그런데 거기다가, 육십 년 묵은 울 아버지, 아니 나무를 파내고 고추를 심어, 고추를? 에라이씨, 고추씨만도 못한……"

"잘 알겠습니다. 선생님, 제가 내일 아침 일찍 와서 해결해드릴 테니, 오늘은 들어가 푹 쉬세요."

경관은 어린아이 구슬리듯 차분하고 끈질기게 사내를 달랬다.

"이게 육십 년 된 나무란 말요. 울 아버지가 물려준…… 그런 나무한테서 집을 빼앗다니. 집을 말이요, 이 집을. 이것 좀 보라고, 이게……"

하소연인지 투정인지 가늠하기 어려운 어조로 사내는 다시 경관의 손을 잡고 화단 쪽으로 이끌었다.

"이 나무가, 육십 년 된 울 아버지가 나한테 물려준 거거든. 그 육십 년 묵은 나무를 어떤 빌어먹을 놈이……"

"알겠습니다. 제가 내일 날 밝는 대로 와서 다 해결해드리죠. 범인도 잡고, 손해배상도 해드리고."

경관이 재차 사내를 구슬렀다.

"화분은, 식물의 집이잖소? 그러다 그게 죽으면 관이라고. 근데, 그 육십 년 묵으신 아버지 나무를 헌신짝처럼 팽개쳐?"

사내는 했던 말을 연신 되풀이했다.

경관도 마침내 지쳤는지 화단 옆 계단에 걸터앉았다.

"경찰 양반, 이리 좀 와보쇼."

사내는 경관에게 다가가 그의 손목을 잡아 일으키더니 이번에는 건물 입구 계단 쪽으로 그를 이끌었다. 일층 집 현관 앞, 사내의 집인 모양이었다. 그는 현관문 쪽으로 경관을 끌어당겼다. 자기 집으로 들어가 얘기를 더 늘어놓을 요량 같았다. 경관은 몸을 빼내며 반대로 사내를 집 안으로 밀어 넣으려 애썼다. 밀고 당기는 한참의 실랑이 끝에 경관이 드디어 사내를 집 안으로 밀어 넣는 데 성공했다. 경관은 실내가 잠잠해질 때까지 문손잡이를 잡고 서 있었다. 사태가 진정된 걸 확인하고서야 그는 계단을 내려왔다. 마당으로 나선 그는 길게 한숨을 내쉬더니 다시 한 번 화단을 살펴보고 순찰차에 올랐다.

순찰차가 사라진 마당은 다시 어둠에 휩싸인다. 시간마저 멈춘 듯 아무런 움직임도 소리도 없다. 음향의 절정이자 완벽한 효과음, 그것을 A는 바로 이 소리 없는 '무음'의 순간으로 여겼다. 투우사가 소의 급소에 창을 명중시켰을 때를 '진실의 순간'이라 일컫듯 음향에서는 이 '무음'이야말로 진실의 순간이라 할 만했다. A는 한동안 급소에 꽂힌 창의 미세한 떨림을 보는 것 같은 무음을 지켜본다.

사내의 집은 A의 집 바로 맞은편 라인 일층이었다. 안방 블라인드가 걷혀 있어 실내가 훤히 들여다보였다. 침대로 올라가 쓰러지듯 누운 사내는 불도 끄지 않은 채 곯아떨어졌다. 집 안에 다른 가족은 보이지 않았다. A는 잠든 사내 얼굴을 물끄러미 내려다보았다. 오십대 후반 아니면 예순에 막 접어들었을까. 처음 보는 낯선 얼굴이다. 오늘의 소란이 없었다면 앞으로도 영영 모르고 지냈을 이웃이었다. 하룻밤 난동의 흔적이 사내의 몸에 고스란히 남아 있었다. 이마의 생채기는 피가 엉겨붙어 말라 있고 팔꿈치에도 긁힌 자국투성이다. 그런 몸과는 대조적으로 그가 누운 침대 시트와 이불은 보라색 실크 천의 꽃무늬가 더없이 화려했다. 머리 쪽 벽에는 커다란 가족사진이 걸려 있다. 하와이, 아니면 동남아 어느 해변을 배경으로 찍은 사진. 중고생으로 보이는 아들딸과 아내. 세 식구가 활짝 웃으며 에메랄드빛 열대 바다를 등지고 서 있다.

사내만 없다. 어쩌면 그는 카메라를 들고 서 있었거나 아니면 기러기 아빠로 집에 남아 있었거나…… 십 년 전, 아니 그보다 더 오래전 사진일 수도 있다. 잠든 사내는 조금 전 소란과는 무관한 듯 평온한 표정이다. 시원한 파도 소리와 하와이안 댄스곡이 A의 귓전을 스친다. 상투적이긴 해도 지금의 방 안 풍경에 그보다 잘 어울리는 음향 효과는 없어 보였다.

　—남자가 직업을 가지면 그 직업이 바로 그 사람이 되는 거지. 하는 일이 그 사람이 돼버린다고. 알아?

　'100선'의 마지막 작품으로 보았던 영화 「택시 드라이버」의 한 대목이 떠올랐다. 고참 기사가 신참인 로버트 드니로에게 한, 십칠 년 기사 경력의 자신이 왜 개인택시 신청을 않는지에 대한 설명이었다. 기사 일을 십칠 년 해오면서도 여전히 택시 기사라는 직업을 경멸하고 있던 그를 직업의식이 없는 사람이라고 할 수도 없었다. 자신의 일을 하찮게 여기면서도 십칠 년 넘도록 그 일을 지속해오고 있다는 게 그걸 증명하고 있지 않나. 어느 시기가 되면 그 일 외에 다른 일은 할 수 없게 되는 상태, 그 순간이 그 사람의 일이 천직으로 자리 잡는 순간이 아닐까.

　A가 맨 처음 했던 일은 소음을 줄이는 '흡음' 관련 일이었다. 이를테면 아파트 단지 옆 도로에 설치하는 소음 차단벽에 관한 연구 같은 것. 잡음이나 소음 등 귀에 거슬리는 소리를 없애 쾌적한 소리 환경을 만드는 것이 그의 일이었다. 성취도

보람도 컸다. 그러던 어느 날 A는 특이한 체험을 했다. 환한 대낮, 차량으로 뒤얽힌 복잡한 도심 거리 횡단보도 앞에서였다. 음소거 버튼이라도 누른 듯 소리가 뚝 끊겼다. 자동차 엔진음도 클랙슨 소리도, 파란 신호등과 함께 들리던 시각 장애인용 신호음도 들리지 않았다. 바로 앞에서 지나가는 앰뷸런스 사이렌조차 들리지 않았다. 난데없는 소리의 증발 앞에 A는 당황했다. 사람도 사물도 손에 잡힐 듯 또렷했지만 자신과 그들은 이미 유리벽을 사이에 두고 있는 것 같았다. 소리와 함께 A는 세상에서 추방당한 느낌이었다.

소리 세계에서의 임사(臨死)와도 같은 체험. 그 일이 계기였다. 기계의 굉음도 차량의 소음도, 어떤 소리든 존재감의 표현임을 깨달았다. '무음' 또는 '음소거'도 소리의 세계에서나 가능한 일이었다. A는 소리를 없애고 무마하는 일보다 제대로 된 소리를 만들고 싶었다. 운 좋게도 그는 지인의 소개로 방송 일 쪽으로 옮겨갈 수 있었다. 비유에 능한 사람들 말에 따르면 '엔지니어에서 크리에이터로' '기술자에서 마술사로' 옮겨간 셈이었다. 똑같이 소리를 다루는 일이었지만 다른 업종 같았다. 접근 방식이 이전과는 정반대였다. 소음을 더 크게 노출시키니 그것은 소음이 아니라 효과음이 되었다. 울음은 더 구슬프게, 비명은 더 찢어지게, 외침은 더 처절하게 하니 그 자체로 감동을 자아냈다. 원음을 대체하는, 그럼에도 원음보다 더 생생한 소리를 만들어야 했다. 사람들은 원음보다 A가 만들어낸 대체 음 또는 가공 음을 더 진짜로 여겼다. 음 분열증은 불가피했다. 분열이 심할수록, 그러니까 원음에서 멀어질수록 사람들은 더 오리지널로 느꼈고 소리에 대한 만족도도 높았다. 그것은 사람들이 자연 그대로의 소리에 익숙지 않아서인 것 같았다. 순수한 원음은 가공 음보다 순하고 자연스러워 더 주의를 기울여야 한다. 자신의 소리는 줄이고 외부의 소리에 더 귀 기울여야 하는 것이다. 음 충실도가 낮은 환경에 사는 현대인에게는 쉽지 않은 일이었다.

순찰차 불빛이 다시 비쳐든다. 단지 전체를 한 바퀴 둘러보고 온 모양인지 차가 이번에는 입구 쪽이 아니라 빌라 안쪽에서 접어들었다. 사후 점검이라도 하듯 순찰차는 마당을 천천히 지나간다. 거구의 경관도 자신의 일을 천직으로 여기는 사람일 거라고 A는 생각한다. 화분의 식물을 파내고 거기다 고추 모종을 심은, 사내가 난동을 부리며 찾던 범인은 누구였을까? 발길질을 해대던 빨간 지프차, 아니면 황금색 경차의 주인, 둘 중 하나일까? A는 추리력을 발휘해보지만 빈곤한 자신의 상상력만 절감할 뿐이다.

A의 눈에 언뜻 작은 불빛이 잡혔다. 모퉁이 화단 쪽에서였다. 작은 불빛의 정체는 담뱃불이었다. 자연스레 꼴백이 떠올랐다. A는 소란의 주범으로 처음 그를 떠올렸던 사실을 기억해냈다. 충분히 그럴 만했다. 현관 입구에 꼴백이 버린 담배꽁초를 보고 있으면 현기증을 넘어 분열증이 일어날 것 같았

다. 103호 여자가 협조문과 경고문과 당부의 말씀을 번갈아 붙였던 일도 이해가 갔다. 103호의 노력과 정성은 놀라웠다. 현관에 써 붙인 문구가 별 효과를 못 내자 그녀는 새로운 방법을 찾았다. 현관 난간에 어느 날 작은 캔이 하나 놓였다. 재떨이였다. 적절한 처방이 생긴 지 사흘 만에 꽁초가 넘쳤다. 적어도 이틀에 한 번씩은 그걸 비워야 했다. 해결책으로 더 큰 캔이 놓였다. 103호의 열성도 꼴백 앞에서는 역부족이었다. 그녀도 꼴백이 가래침 뱉어놓은 재떨이까지 해결하기는 어려웠을 터였다. 103호는 다시 경고문으로 돌아갔다. 이전보다 한 단계 업그레이드된 방식으로 '경고문' 글자 옆에 물증 제시하듯 꽁초를 같이 붙여놓았다. 아무리 꼴백이 강심장이어도 버젓이 나붙은 물증 앞에서는 긴장치 않을 수 없었을 것이다. 은박지 필터에 푸른 라인이 둘러진 '보엠'이라는 담배였다. 그것도 멘솔. 골초가 멘솔이라니. 커피광이 무카페인 커피를 마신다는 얘기 같았다. 103호의 아이디어가 한동안 먹혀드는 듯했지만 그 약발도 잠시였다. 두어 주 지나니 현관 바닥에 다시 꽁초가 보이기 시작했고 거기서 두어 주 더 지나 103호는 이사를 갔다. 청소 아줌마가 오는 수요일 하루를 제외하고 3, 4호 라인 현관은 여전히 꼴백의 대형 재떨이였다. A는 매번 변신하는 103호의 아이디어를 더 이상 볼 수 없다는 점이 제일 아쉬웠다.

사내가 한바탕 휘젓고 떠난 마당은 여느 때처럼 꼴백 차지가 되었다. A처럼 꼴백도 낮과 밤이 바뀐 생활 리듬을 갖고 있었다. 그는 늦은 밤이면 집을 나와 빌라 단지와 주변을 어슬렁거리며 다녔다. 아내와 고등학생 아들은 새벽 일찍 학교와 일터로 가서 늦은 밤에야 돌아왔다. 온종일 빈집은 꼴백 차지였다. 그는 혼자 집에서 빈둥거리다 가족들이 귀가한 밤이면, 그들에게 집을 양보하기라도 하듯 밖으로 나와 헤매 다녔다. 그러다 오늘 밤도 사내의 소란과 맞닥뜨렸을 터였다. A는 꼴백이 범인일 리는 없다고 확신했다. 그는 식물의 화분 따위에 관심을 보일 위인이 아니었다. 더욱이 화분에는 고추 모종이 새로 심어져 있다고 하지 않았나. 담배꽁초를 아무데나 버리는 몰상식한 인간을 파릇파릇한 식물과 연결시킬 상상력은 「레옹」의 감독에게나 가능할 일이었다.

사내의 소란은 A에게 몇 가지 수확을 안겨주었다. 신선한 커피 한 잔의 향유, 몇 안 되는 이웃 목록에 한 사람 추가, 거기다 생생한 육성도 모처럼 들을 수 있었다. 거침없는, 그것도 가슴 저 밑바닥에서 끓어오른 울분이 절절이 밴, 날것 그대로의 목소리에는 묘한 울림이 있었다. 목소리 감지력에 관한 한 A는 한때 발군의 실력을 보였다. 얼굴 생김새를 보고 그 사람의 음색을 가늠해낼 정도였다. 얼굴 골격에서 발성기관의 형태를 짐작함으로써 가능한 일이었다. 숱한 실험에서 얻은 노하우였다. 입술에서 성대까지 목소리 통로인 성도(聲道)의 입체적 형상은 세밀한 단층촬영으로 얻을 수 있다. 거기에 성대 진동이 완성되면 컴퓨터로 사람의 음성을 합성해 낼 수 있는 것이다. 관상쟁이가 얼굴에서 사람을 읽어내듯 A도 한때는 사람의 얼굴에서 목소리를 읽어냈다.

지금껏 들어본 최고의 목소리라고 하면 A는 주저 없이 그녀를 떠올린다. 한때 라디오 드라마의 대표적 내레이터였던 여자 성우. 하늘이 내린, 또는 무한히 변신 가능한 음성의 소유자라는 데서 '천의 목소리'라는 수식어가 따라붙던, 감정이입에 타고난 재능을 보이던 여자였다. 그녀를 통하면 드라마 속 인물들 성격은 소리만으로도 생생하게 살아났다.

'녹음 기술이 처음 발명되었을 때, 연주자들은 얼마나 당황했을까요? 자신의 직업이 끝났다고 생각했을 거예요. 소리가 사라지지 않고 영원히 기록 보존된다면, 더 이상 공연 무대에 설 일은 없을 거라고 말이죠.'

천의 목소리가 말했다. A는 그 음성에서 이별을 감지했다. 그녀의 말에 나온 연주자의 근심은 바로 그녀 자신의 직업적 운명을 예감한 것으로 들렸다. 티브이 드라마와 영화의 영상에 익숙해진 사람들은 라디오 드라마에서 점점 멀어졌다. 개편 때마다 드라마는 줄어들더니 마침내 완전히 사라졌다. 방송실에서 그녀의 목소리를 들을 일도 없어졌다. 오롯이 소리로 돋보이던 여자였다. 신은 그녀의 목소리에 축복을 다 쏟아부었다. 소리보다 비주얼에 민감한 남자들에게 그녀는 인기가 없었다. A도 예외는 아니었다. 그녀는 편한 친구이자 동료로 오래 머물 수 있는 스타일이었다.

언젠가 A는 작업 도중 사고를 당했다. 빗소리를 만들면서
였다. 끓는 기름에 물방울을 적당히 떨어뜨리면 시멘트 바닥
에 쏟아지는 세찬 빗소리를 낼 수 있다. 녹음 기술이 극도로
발전한 요즘에도 낡은 방법을 써야 할 때가 있다. 수작업에
거의 의존하는 선배와, 컴퓨터와 기계에만 능한 후배, 그 둘
의 경계 지점이 A의 자리였다. 그날따라 A는 빗소리를 더 정
교하게 만들기 위해 욕심을 부렸다. 수작업에만 의존하던 선
배가 회사를 떠나고 얼마 되지 않은 때였다. 미세한 음을 잡
기 위해 너무 가까이서 작업하다 당한 사고였다. 끓던 기름이
튀어 A는 귀와 목 부위에 화상을 입었다. 치료가 끝나고도 얼
룩덜룩한 반점이 완전히 없어지지 않았다. '정면이 아니라 측
면인 게 얼마나 다행이야.' 사람들은 그렇게 위로했다. 병원
을 오가며 A는 자신의 일에 대해 다시 생각해볼 기회를 갖게
되었다. 소리를 만드는 일은, 달리 말하면 원음을 소외시키는
일이라는 것…… 음향 전문가로서의 자부심이 컸던 A는 사람
들이 느끼는 소리의 즐거움이 진실과는 거리가 멀 뿐 아니라
그들의 청각을 왜곡하는 일이라는 데 생각이 미쳤고 그 생각
은 다시 직업적 회의로 이어졌다. 한편으로는 자신이 직업을
너무 당위나 윤리에 치우쳐 고민하는 건 아닌가, 싶기도 했
다. 사실 그랬다. 그럼에도 일에 대한 회의를 없애주지는 못
했다. A는 앞으로 자신이 해야 할 일은 소리를 윤색하고 만들

어내는 일보다 자연 그대로의 소리를 사람들에게 알리고 그걸 제대로 즐기도록 하는 일인 것 같았다.

*

화단은 사내가 말했던 그대로였다. 그럼에도 환한 햇빛 아래에서 본 까닭인지 지난밤 문제의 화단으로 여기기에는 낯설고 생소했다. 싱싱한 초록의 고추 모종이 자라는 황토 화분이 보였고 한쪽 구석에는 누렇게 고사한 식물이 뿌리째 뽑혀 나뒹굴고 있었다. 사내가 말한 나무가 분명해 보였지만 육십 년 묵었다는 말은 얼토당토않아 보였다. 여느 집에서 흔히 볼 수 있는 야자나무의 일종인 그것은 크기와 뿌리로 미루어 기껏해야 이삼 년 정도 됐음 직했다. '육십 년 묵은' 것은 나무가 아니라 세상을 떠난 사내의 아버지, 아니면 사내 자신, 그도 아니면 화분의 나이일 법했다. 테두리 부분이 이 빠진 듯 깨져 나가고 아랫부분에 이끼와 곰팡이가 낀 황토 화분은 죽은 식물보다는 훨씬 오래 시간의 풍파를 겪은 듯했다.

"이 빌라에 사시나요?"

놀랍게도 경관이 A 바로 곁에 와서 서 있었다. 몸집에 어울리지 않게 낮고 부드러운 목소리를 지닌, 지난밤 그 경관이었다. A는 가볍게 고개를 끄덕여 보이는 것으로 대답을 대신

했다.

"간밤의 소동도 잘 아시겠군요?"

경관의 반문에 A는 다시 한 번 고개를 끄덕였다. 화단을 유심히 들여다보고 있었다는 것 자체가 그걸 방증한 셈이었다.

"누군지 밝혀졌습니까?"

A가 관심을 표하며 경관에게 물었다.

경관은 겸연쩍은 미소를 띠며 대답 대신 어깨를 으쓱해 보일 뿐이었다. 가까이서 본 경관은 오십 줄에 접어든 나이로 보였다. 목소리만큼이나 눈빛도 선량해 보여 누구든 속내를 쉽게 털어놓을 수 있는 맏형 같은 인상이었다.

A는 한동안 말없이 화단만 물끄러미 내려다보고 있었다. 경관도 옆에 나란히 서서 화단을 들여다보았다. 사내의 집 베란다는 대나무 발이 쳐 있고 창은 전날 밤과 달리 블라인드로 완전히 가려져 있었다.

"선생 생각에는 누구 소행일 것 같소?"

긴 침묵을 깨며 경관이 물었다. 그의 목소리가 너무도 은근하고 진지해 A는 순간적으로 긴장했다. 그가 꼭 자신에게 혐의를 두고 있는 것 같아서였다.

"글쎄요. 어쨌든 저는 아닙니다. 하하."

A가 받아친 농담에 경관도 유쾌하게 웃음으로 답했다. 그럼에도 A는 기분이 찜찜했다. 경관이 지금까지 자신의 일거수일투족을 멀리서 지켜보고 있었던 게 아닐까, 싶었다.

"경관님 생각은 어떠신데요?"

A가 되물었다.

"글쎄올시다, 어제 소동은……"

경관은 말을 멈추고 잠시 뜸을 들였다.

"적어도, 페어플레이는 아니었죠."

진지한 어조였지만 질문에 맞는 답은 아니었다.

"공동주택에서, 심야에 소란을 피우는 건……"

"그런 뜻이 아니라, 일대일 대결이 아니었다는 거죠."

경관은 A의 말을 바로잡으며 의미심장한 웃음을 지어 보였다.

A는 정확히 무슨 뜻인지 이해가 가지 않았다. 사내가 범인으로 지목한 대상이 어느 한 사람이 아니라 다수였다는 말인가? 의아해하던 A에게 전날 밤 상황이 눈에 선히 그려졌다. 사내의 외침이 각 집의 굳게 닫힌 창문에 부딪치고 공허하게 사라지던…… 그의 소란에 시종일관 무대응, 묵묵부답일 뿐이던 이웃들. 경관은 그걸 지적한 것일까?

*

'밤의 소리-12.mp3'

A는 무수한 소리 파일 중 하나를 클릭한다. 이것이 모든 걸

밝혀줄 수 있을 거라고 생각하며…… 소리에 관한 한 그의 믿음은 확신, 아니 맹신에 가깝다.

'적어도, 페어플레이는 아니었죠.' 그 한마디에 낚인 것일 수도 있다. 1대1이 아니라 '1대 다수'의 대결이었다는 경관의 지적은 A 또한 다수의 혐의에서 자유로울 수 없다는 얘기 아닌가. 이웃으로서의 자존감이 훼손당한 느낌이랄까. A는 혐의에서 벗어나고 싶다는 생각이 들었다.

'음향 전문가요? 그런 일에 종사하는 이라면 웬만한 형사보다 낫죠.' 기대에 찬, 경관의 그 한마디에 걸려든 것 같기도 했다. 자신의 직업과 관련한 것이라면 A는 누구보다 예민하게 반응하는 타입이다. 재생을 클릭한다. 미세한 잡음부터 잡힌다. 달리는 차의 차창에 와 부딪치는 모래 먼지 같다. 요즘 기계는 성능이 지나치게 좋다. 불필요한 잡음까지 잡아낸다.

—존 말 할 때, 빨리 나와, 씨발!

파열하듯 터져 나오는 사내의 목소리. 무심한 이웃을 향한 통쾌한 일갈이다. 취기에 어눌하긴 해도 숨통을 틔게 하는 구석이 있다.

—철퍼덕!

사내가 바닥에 엎어지는 소리. 그날 밤엔 분명 '픽!' 하는 소리로 들렸건만…… 다시 들어본다. 철퍼덕! 사실 이 소리가 정상이다. 사람의 몸이 물건처럼 단음의 마찰 소리를 낼 수는 없는 것 아닌가.

또 다른 낯선 소리가 잡힌다. 볼륨을 높여본다. 누군가의
웃음과 끌끌 혀 차는 소리. 볼륨을 더 높인다. 걸걸한 목소리
의 남자…… 꼴백이다. 화단 한편에 서서 담배를 피우고 있
었던 때가 분명했다. 놓친 소리는 그것만도 아니었다. 낯설지
만 또렷한 여자 목소리도 있었다.

　—어머, 어떡해!

　겁에 질린, 안타까워하는 여자의 나직한 탄성. 맑고 높은
톤의 목소리를 가진 여린 심성의 이십대 여자 같다. 위치는 A
의 집에서 한 라인 건너 쪽 위층 베란다 정도. 꼴백의 소리에
비하면 훨씬 가깝고 또렷하다. 볼륨을 낮춰본다. 어머 어떡
해! 이 소리를 왜 못 들었을까. 높고 또렷한 음성이건만. 사실
전문가도 현장에서 소리를 놓치는 경우가 종종 있다. 녹음은
때론 채찍처럼 그런 실수를 일깨운다. 기계는 사람보다 정확
하다. 때론 공정하기조차 하다. 사람의 감각이 부리는 변덕은
의외로 크다. 듣고 싶은 건 부풀리고 듣고 싶지 않은 건 빼놓
으며, 자의적으로 편집을 한다.

　'물론 심리적인 요소도 분명 있죠. 하지만 선생의 경우는
전음성 혹은 복합성 난청이라고 할 수 있어요.' 의사의 말에
서 A는 내용보다 그의 목소리에 신경이 쏠려 있었다. 신뢰가
가지 않는 목소리였다. 소리만큼 정직한 것은 없다는 것이 A
의 직업적 소신이었다.

　'한 우물을 오래 파본 사람들은 그 일로 세상을 꿰뚫어보는

일이 가능하죠.' 천의 목소리를 가진 그녀도 A와 비슷한 생각이었다.

여러 병원을 옮겨다녔지만 A는 믿음이 가는 목소리의 의사를 찾을 수 없었다. 아무리 생각해도 천의 목소리만 한 명의는 없는 것 같았다. 하지만 그녀는 방송 일을 떠나면서 연락 두절이었다. A는 생명을 갈구하는 심정으로 그녀를 찾아 다녔다. 긴 수소문 끝에 간신히 그녀의 친동생과 연락이 닿았다. '모르셨어요? 우리 누나, 이 나라 뜬 지 한참 됐는데……' 동생은 웬 뒷북이냐는 듯 어이없어 하는 표정이었다. A에게는 그 말이 그녀가 지구를 떠나 우주 어느 낯선 별로 옮겨갔다는 말처럼 속수무책으로 들렸다.

'선생 생각에는 누구 소행일 것 같소?' 경관의 물음을 A는 농담으로 받아넘겼지만 그 저의를 의심치 않을 수 없었다. '페어플레이' 운운했던 경관이야말로 범인이 특정한 누군가가 아니라는 자신의 생각을 이미 드러내지 않았나. 그럼에도 시침 뚝 뗀 채 A에게 물은 의도는 뭐란 말인가.

'그런 일을 하는 사람이라면 웬만한 형사보다 낫죠.' 기대가 담긴 경관의 말에 A는 반사적으로 자신의 녹취 자료를 떠올렸다. 지금껏 자신이 음향 전문가로 쌓아왔던 경험과 자질을 발휘할 기회라고 생각하니 경관에 대한 서운함과 미심쩍음이 말끔히 사라졌다.

—이것 좀 봐보라고, 경관 양반. 나무에게 화분은 집 아니

요, 집?

사내가 '집'을 말할 때 소리의 울림은 다른 말과 확연하게
다르다. 십여 분 남짓의 대화에서 한 단어가 열두 번이나 쓰
였다. 목소리에 실린 사내의 감정 변화도 또렷이 느낄 수 있
다. 분노가 울분으로, 울분이 하소연으로…… 그의 목소리는
경관의 등장과 함께 확연히 변했다. 톤이 낮아지고 목소리에
윤기가 돌았다. 이것이 결정적 단서다. A가 경관에게 내비쳤
던 추측은 빗나가지 않았다.

'글쎄요, 범인이, 꼭 외부의 누군가란 법은 없겠죠.' A도 경
관처럼 여운이 깃든 대답을 했다. 그러고는 죽어 뽑혀 나간
식물 쪽으로 눈길을 돌렸다. 경관은 예기치 않은 대답에 생각
이 복잡해지는 표정이었다. 한동안 그는 결정적 단서가 그 속
에 깃들기라도 한 듯 죽은 식물만 골똘히 바라보았다.

'그럴 수도 있겠네요.' 경관은 뭔가 깨달은 표정으로 A를
쳐다보았다.

그때만 해도 A는 반신반의하며 던진 말이었다. 하지만 자
신의 추정에 확신을 갖게 되었다. 그날 밤 상황이 고스란히
담긴 이 녹음이 모든 걸 말해주고 있지 않나. 그것은 처음부
터 끝까지 사내에 의한, 사내 자신을 위한 1인극에 지나지 않
았다는 것. 경관도 A 자신도, 그리고 또 다른 누구도 모두 사
내의 1인극에 동원된 비자발적 관객이었다는 것. 그것이 A가
내린 최종 결론이었다.

'대체 사내가 왜?' A는 그 질문에 대한 답은 자신의 영역이 아니라고 생각한다. 이웃에 대한 불만이든 가족에 대한 그리 움이든 외로움이든, 그 어느 것도 아니거나 또는 그 모든 것 이거나 그 문제는 사내의 몫이다. 소리는 스스로 드러내기만 할 뿐이다.

그날 밤 이후 사내의 집에서 불빛이 흘러나온 적은 없다. 오늘 밤도 불 꺼진 창이다. 세상 모든 소리가 그 어두운 창으 로 빨려 들어간 듯 마당은 고요 그 자체다. A는 눈앞에 펼쳐 진 '소리 없음'의 세계에 빠져 있다. 무음의 경지는 늘 이렇듯 당겨진 시위의 화살처럼 팽팽하다.

그녀는 프로

세진은 일층 현관 인터폰 앞에서 머뭇거렸다. 초현대식 공법으로 지은 새 아파트 입구 유리문은 바깥 공기를 완벽하게 차단하듯 닫혀 있었다. 깐깐한 보안 시스템이 은근히 사람을 주눅들게 했다. 접근 자체를 꺼리게 만드는 외부인의 심리적 위축, 그것이 최상의 치안 효과임을 일깨우는 것 같았다. 그냥 돌아갈까. 세진의 손은 인터폰 앞에서 몇 번이나 주저하며 오르내렸다. 그래도 여기까지 왔는데…… 마음이 갈피를 못 잡는 사이 뒤에서 인기척이 느껴졌다. 이 아파트 주민으로 보이는 젊은 여자였다. 중요한 약속에서 돌아오는 듯 우아한 외출복 차림의 그녀는 옆으로 물러나는 세진을 흘끗 일별하고는 익숙한 손놀림으로 비밀번호를 눌렀다. 유리벽이 금세 문이 되어 열렸다. 세진은 재빨리 그 여자 뒤를 따라 들어가서는 엘리베이터 앞에 멈춰 선 그녀 뒤에 은근슬쩍 자리 잡았다.

꼭대기 층에 있는 엘리베이터가 서른 개의 층을 통과해 내려오기를 기다리는 동안 여자는 우편함으로 다가가 우편물을 챙겼다. 세진은 복도 한쪽 벽면에 질서정연하게 부착돼 있는 은빛 철제 우편함에서 황색 서류봉투 하나가 어느 우편함에 처박히듯 꽂혀 있는 걸 보았다. 반으로 접힌 누런 서류봉투는 좁은 투입구를 비집고 위태롭게 끼여 있었다. 그 모습에서 세진은 얼핏 난민을 연상했다. 오는 길에 접했던, 수백 명의 난민을 태운 선박이 리비아에서 이탈리아로 향하다 지중해에서 침몰한 사건 때문인 것 같았다. 안전도 전혀 보장되지 않는 배에 올라타기 위해 필사적으로 매달리던 수많은 사람들…… '죽음의 지중해'라는 타이틀의 특집 기사는 최근 잇따르고 있는, 내전과 핍박을 피해 유럽으로 가려는 아프리카 난민들이 탄 배가 지중해에서 침몰한 사건을 본격적으로 다루고 있었다. 현장 사진 하나가 세진의 눈길을 끌었다. 아이를 안은 어느 흑인 여자가 한 손으로 배의 난간을 붙잡은 채 불안한 눈빛으로 돌아보는 사진이었다. 겁에 질린 여자의 눈이 아이의 천진한 눈빛과 대비되어 강렬한 인상을 낳았다.

딩— 엘리베이터 도착 소리가 세진을 일깨웠다. 이번에도 여자를 따라 서둘러 엘리베이터에 올랐다. 문이 닫히자 동승한 여자에게서 풍기는 상큼한 향기를 맡으며 세진은 안도감을 느꼈다. 무거웠던 기분을 조금씩 풀리게 하는 향기에 취해 있던 세진은 여자가 내릴 때 같이 따라 내릴 뻔했다. 29. 불켜진 버튼의 숫자에 걸려 멈칫했다. 세진이 내릴 곳은 29층이었던 것이다.

2901호. 엘리베이터에서 내려선 세진의 눈에 낯익은 숫자가 다가섰다. 우연의 일치로 옛집 번지수와 일치하는 아파트 호수가 고향집 문패 역할을 대신했다. 이제는 부모도 세상을 떠난데다 집도 어릴 적 살았던 옛집이 아니어서 고향집이라는 말 자체가 무색해져버리긴 했지만……

"웬일이야. 연락도 없이?"

올케 이선이 놀라워하며 세진을 맞았다. 주방에서 나왔는지 한쪽 손에 고무장갑을 벗어 든 채였다.

"뭐, 반가운 손님이라고……"

세진이 부루퉁하게 대꾸했다. 마지막으로 집을 찾았던 때의 일이 떠올라서였다. 지난 추석 이후로 처음이니 거의 일 년 만이었다.

"손님? 정말 손님 취급 받고 싶은가 보네, 이 철부지 아가씨 손님이?"

이선이 나무라듯 받아치고는 이내 씨익 웃으며 잘 왔다는 듯 세진의 어깨를 가볍게 두드렸다.

올케를 따라 실내로 들어서던 세진의 눈에 현관 입구에 놓인 쓰레기봉투가 제일 먼저 잡혔다. 꽉 찬 종량제 봉투 세 개가 나란히 놓여 있었다. 그중 하나는 종이기저귀 뭉치로 그득했다. 입구가 단단하게 봉해져 있어 냄새는 없었지만 매듭이 살짝 풀리기만 해도 구리고 역한 냄새가 확 뿜어져 나올 것 같았다. 이상하게도 그 매듭을 풀어헤치고 싶은 욕구가 솟구쳤다. 썩을 대로 썩은 냄새 그 자체를 맡고 싶은 것인지, 아니면 너무도 완벽하게 봉해진 매듭에 흠집이라도 내고 싶은 것인지…… 불쑥 생겨난 가학적 충동을 가라앉히기 위해 세진은 눈길을 옮겼다. 쓰레기봉투 옆으로는 분유통 크기만 한 독일제 특수 영양식 깡통들과 접힌 휠체어와 운동용 짐볼이 차례로 보였다. 일련의 광경에 세진은 기차에서 부린 자신의 변덕을 떠올렸다. 원래 나섰던 대로 바다나 보러 가는 건데…… 넘실대는 푸른 물결이 눈에 어른거리며 후회가 밀려들었다. 거실은 어둑하고 썰렁했다. 대형 평수 아파트다운 격조는 찾아볼 수 없었다. 집만 덩그러니 지어놓고 안은 휑하게 방치해놓거나 구식 가구들이 어쭙잖게 놓여 있는, 여느 농촌 마을 신축 주택 실내 같았다. 칠 년 전, 넓은 현대식 집이 필요해지면서 장남인 오빠네 가족은 부모가 물려준 옛집을 떠나 아파트로 주거지를 옮겼다. 짧으면 이 년 주기로 옮겨다녀야 했다. 미분양 대형 아파트들이 넘쳐나는 때라 부담 없는 가격에 세를 얻을 수 있었다고 했다. 집 안은 세진이 지난번 추석 때 보았던 광경 그대로였다. 꽃문양이 아플리케 된 소파 등받이도 지난번과 똑같이 해바라기·장미·백합 순으로 놓여 있었고 죽은 벤자민 화분도 누렇게 말라 죽은 이파리들을 매단 채 소파 한쪽 구석에 그대로 있었다.

"막내고모 왔어요."

앞장선 이선이 안방 문을 향해 외쳤다.

딱— 딱— 바둑돌 소리가 간헐적으로 흘러나오던 안방은 담배 연기로 자욱했다. 큰오빠 세훈은 여느 때처럼 컴퓨터 앞에 앉아 바둑을 두고 있었다. 딱— 딱— 금속성이 묻어나는 바둑돌 소리가 넓은 방을 떠다녔다. 모니터에 고정돼 있던 세훈의 시선이 문 쪽으로 향하더니 세진에게 멈췄다.

"살아 있었구나."

특유의 냉소로 세훈이 첫 운을 뗐다.

"아냐, 살아 있는 것처럼 보일 뿐이야."

세진이 삐죽거리며 받아쳤다.

"입만 살았구나."

가시 돋친 농담 몇 마디가 마술이라도 부리듯 지난 감정의 앙금을 가라앉혀주었다.

세진은 첫 관문을 그럭저럭 넘어섰다는 생각이 들었다.

딱— 세진의 등뒤로 바둑돌 소리가 계속 달라붙었다. 딱— 끊임없이 뭔가를 내려놓는, 그럼에도 완전히 가라앉거나 스며들지 못하고 다시 튀어 오르는 듯한 소리였다. 체념과 무기력이 배어 있는 소리의 이면에는 한 집안 가장으로서의 자존심이 여전히 꼿꼿하게 살아 있었다.

"강보라, 꼬모 왔다! 꼬모, 막내꼬모!"

이선이 딸아이 방으로 들어서며 아이의 말투를 흉내 내 외쳤다.

따스한 방 안 공기와 달콤한 향이 부드럽게 세진을 감싸왔다. 집 안에서 가장 밝고 깨끗하고 향기로운 곳…… 어쩌면 이 방을 위하여 다른 곳은 일부러 방치해두는 게 아닐까. 세진에게 얼핏 스친 생각이었다.

*

틱! 나뭇가지 꺾는 듯한 소리에 세진은 잠이 깼다. 침대 머리맡 보조등 켜는 소리였다. 6시 정각, 아니면 그 전후로 10분 이내의 오차일 것이다. 침대 앞에 선 이선의 뒷모습이 검은 실루엣으로 비쳤다. 보통 키에 호리호리한 몸이건만 바닥에 누운 세진의 눈에는 산 그림자라도 드리운 듯 길고 높아 보인다. 세진을 의식한 이선의 일거수일투족은 더없이 조심스럽지만 실내 공기는 이미 술렁이기 시작했다.

"어디 보자 우리 잠꽁……"

잠기운 묻어나는 낮은 중얼거림에 이어 이불 뒤적이는 소리가 났다. 잠꽁은 '잠뽀 공주'를 줄인 말로 어릴 적부터 유난히 잠이 많아서 생긴 보라의 별명이다. 아이가 어릴 적 제일

44

좋아한 동화가 「잠자는 숲속의 공주」였다. '왕자만 나타나지 않으면 더없이 행복한 공주 운명인데 왜 느닷없이 나타나 단잠에 빠져 있는 공주를 깨웠지?' 하며 투덜거리던 아이한테 세진이 붙여준 별명이었다.

어느 날 아침, 졸업을 한 학기 앞둔 여대생이었던 잠꽁은 제대로 한번 자보기로 작정한 듯 잠에 빠져든 뒤로 지금껏 깨어나지 못하고 있었다. 칠 년간 잠에만 빠져 있는 삶……

"얘가 잠을 설쳤나, 눈이 살짝 부었네."

희미한 보조등에 눈꺼풀 부기까지 알아보는 이선이 세진은 놀랍다. 그날, 그 일이 있었을 때도 이선이 첫 목격자였다. 학교 갈 시간이 지났는데도 아무런 기척도 없는 보라를 깨우기 위해 이선이 딸아이 방으로 갔을 때였다. 보라의 얼굴색이 유난히 검어 보여 처음엔 머드팩을 한 채 잠든 줄 알았다고 했다. 아무리 깨워도 기척이 없어서 손을 얼굴에 대보았더니 아이의 뺨이 서늘한 게 이미 숨을 쉬지 않고 있었다는 것. 서둘러 응급실로 옮겨 심폐소생술을 한 끝에 아이는 간신히 호흡만 살아났다.

세진은 부족한 잠을 청하려 벽 쪽으로 돌아누웠다. 잠보다 전날 과음의 후유증이 배에서 머리까지 밀려왔다. 머리가 지끈거리고 속이 거북했다. 올케 이선과 둘이 늦게까지 술을 마셨던 것이다.

"맥주 한잔하러 갈래?"

전날 밤, 보라가 잠들고 나자 이선이 말했다. 아이가 잠들고 나면 비로소 그녀의 하루 일과가 끝났다. 공사 현장 인부들이 일 끝내고 막걸리 한잔 청하듯 하는 말이었다. 세진도 원하던 차였다. 둘은 집을 나와 아파트 상가 맥주집에 자리를 잡았다.

"웬일이야? 연락도 없이 갑자기……"

이선이 조심스레 첫 운을 뗐다.

"불청객이 연락하고 오는 거 봤어?"

세진이 눙치듯 받아쳤다. 거의 일 년 만에 내려온 집이니 올케가 신경이 쓰일 만도 했다. 마지막으로 다녀갔던, 단출하다 못해 썰렁했던 지난 추석이 떠올랐다. 작은오빠 가족은 황금연휴라며 해외여행을 떠났고 큰조카마저 군대 가고 없는 터라 여느 명절과는 달리 집안이 꼭 실향민 가족 분위기였다. 차례 끝나고 하는 음복은 세진이 장남 세훈과 대작하는 자리나 다름없었다. 어릴 적 추억담이 오가다 세훈이 불쑥 세진의 문제를 꺼냈다.

—너, 계속 그렇게 살 거냐?

뜬금없는 말에 세진은 오빠를 쳐다보았다.

—밥벌이도 안 되는 일을 직업이라고 할 수 있겠냐고?

장남으로서의 책임과 걱정이 담겨 있는 날 선 지적, 그것은 세진 자신의 고질적 문제이기도 했다. 그럼에도 남의 목소리로 지적당하자 세진은 불쑥 자존심이 발동했다. 습작 시절부터 세훈은 집안에서 유일한 지지자였다. 세진이 다니던 직장을 접고 글을 쓰겠다고 했을 때 가족들은 하나같이 뜨악해했다. 아예 수녀원 들어간다고 하지 그러냐? 결혼 시킬 날만 손꼽고 있던 엄마는 제일 먼저 손사래 쳤고 병석의 아버지도 멀거니 천장을 올려다보며 한숨만 내쉴 뿐이었다. 그들에겐 장남의 십 년 고시 공부 뒷바라지와 그 좌절이 뼈저린 기억으로 남아 있었던 것이다.

—누구든 꿈을 이루는 사람이 하나는 있어야죠, 이 집안에서.

뜻밖에도 세훈이 지지자로 나섰다.

장남이 못 이룬 꿈까지 얹히는 듯한 분위기에 세진은 어깨에 바윗덩이가 얹히는 것 같았지만 그래도 한쪽 날개를 얻은 기분이었다. 그렇게 시작한 습작 생활은 병석의 아버지가 돌아가시고 엄마마저 저세상으로 갈 때까지 아무런 결실을 얻지 못했다. 응모와 낙선의 지루한 되풀이, 바닥나는 통장 잔고의 잔인한 카운트다운, 거기에다 큰오빠의 전철에 대한 불안감까지…… 포기 직전에 이르러서야 간신히 등단의 꿈을 이루었다. 벼랑 끝에서 살아난 듯 세진은 온 세상을 얻은 기분이었고 세훈은 자신의 성취만큼이나 감격스러워했다. 다들 등단을 고시 패스 정도로 여기는 분위기였다. 그저 험난한 작가의 세계로 나가기 위한 첫 문지방 넘는 일에 불과하다는 걸 세진도 그때는 알지 못했다.

─프로라는 건, 자기만족적인 취미와는 구분이 돼야 하고……

뒷말을 얼버무리던 세훈이 결심한 듯 덧붙였다.

─십 년 해봤으면 이제 결단을 내릴 때도 되지 않았냐.

취미란 말에 이어진 또 한마디가 세진의 폐부를 찔렀다.

─내가 오빠한테 짐이라도 될까 봐 그래?

세진이 발끈하며 받아쳤다.

지금껏 버티듯 살아오면서 어떤 식으로든 가족들에게 부담은 주지 않으려 했다. 넘어선 안 될 선은 지켜왔다고 생각했건만 그들에게 부담스런 존재로 비치고 있었다는 사실이 세진은 견딜 수 없었다.

─너 그렇게 사는 게 우리한테 아무렇지 않을 거라고 생각하는 거야?

─그럴 만큼 오빠가 나한테 해준 거라도 있어?

막말까지 튀어나왔다.

뱉어놓고 나니, 꼭 한 번, 아쉬운 소리를 한 적이 있긴 했다. 하지만 따지고 보면 그건 부모가 합법적으로 남겨준 몫을 조금 일찍 정리한 것뿐이었다. 유산으로 남은 시골 땅의 지분 일부가 결혼 자금 명목으로 세진의 몫으로 돼 있었던 것이다. 지분을 가장 많이 가진 장남인 큰오빠는 나중에 형편이 좀 나아지면 전원주택을 지어 사 남매의 공동 별장으로 쓰려는 꿈을 갖고 있었다. 하지만 뒷날을 생각할 여력이 없었던 세진은 둘째오빠에게 통사정하여 떠넘기듯 지분을 팔아 챙겼던 것이다. 그때도 다른 가족들한테는 비밀로 해달라고 당부했지만 그럴 거라고 믿는 게 순진한 생각이었다. 나중에 안 사실이지만 시세의 두 배로 받은 지분값에는 큰오빠의 양보가 많이 담겨 있었던 것이다.

　—해준 게 없으니, 미안해서 그런다 왜?

　—모른 척하면 되잖아.

　세진은 여전히 격앙된 목소리였다. 자신의 삶이 가족들한테까지 한심하고 안쓰럽게 비칠 줄은 꿈에도 몰랐던 것이다.

　분위기가 점점 걷잡을 수 없이 흐르는 걸 지켜보던 이선이 곤혹스러워하며 세훈의 소매를 잡아당겼다. 그 손길이 더 감정을 돋운 듯 세훈이 힘껏 이선의 손을 뿌리쳤다.

　—대단하다! 희망도 안 보이는 일에 대체 다들 무슨 배짱으로 그렇게 매달려 사는 거야? 세상이 그렇게 만만한 줄 알아!

　흥분한 세훈의 말에 세진보다 말리던 이선이 더 당혹스러워했다. 희망도 안 보이는 일, 그건 세진보다 이선의 가슴을 더 헤집고 들 말이었다.

　—그럼 오빠처럼 자포자기하고 살아야 해?

　반사적으로 튀어나온, 뇌관을 건드린 말이란 걸 깨달았지만 엎질러진 물이었다. 다들 그 물이 살얼음으로 변해가는 걸 한동안 묵묵히 지켜보기만 했다.

　—오빠가 했던 말 마음에 두지 마라. 그게 어디 고모한테

하는 말이었겠어.

이선이 세진을 뒤따르며 위로했다.

세진은 피식 냉소하듯 웃었다. 그걸 자신이 모르겠냐는 듯.

엘리베이터 문이 닫힐 때까지 이선은 걱정스런 표정으로 세진을 배웅하며 서 있었다. 언제나처럼 편한 운동복 차림에 물기 젖은 앞치마, 한 손에 고무장갑을 벗어 든 채였다. 멀거니 그 모습을 바라보던 세진은 꼭 거울을 보고 있는 기분이었다. 딱히 희망이 보이지 않는 일에 매달려 살기는 올케나 자신이나 마찬가지였던 것이다. 누구를 향한 것인지도 모를 연민과 자괴감이 가슴을 파고들었다. 그런 불편한 감정을 떨치기 전까지 절대 고향집을 찾지 않겠다고 다짐하며 나선 길이었다. 단단한 결심으로 복귀했으나 사정이 나아지지도 않았다. 갈수록 실감나는 건 세훈의 조언이었다.

—결단도 시기 놓치면 말짱 도루묵인 거 잘 알지? 평생 중독자 신세 못 면한다고.

고시 공부 십 년 만에 꿈을 접는 '대결단'을 내렸던 세훈이 곧잘 내세우는 경험담이었다. 그가 유일하게 떳떳해하는 점이 포기의 타이밍을 놓치지 않았다는 것이다. 꿈을 찾아 빠져드는 일도 그것이 아름다울 수 있는 기한이 있다는 것, 그 시간이 지나버리면 도박이나 마약 중독과 다를 게 하나도 없다는 말이었다. 루저의 합리화쯤으로 치부하며 귓등으로 흘려보냈던 그 말을 절감하는 순간이 세진에게도 왔다. 세번째 반송돼 온 원고 봉투를 보면서였다. 마지막이라고 생각하며 보낸 원고였다. 기대와 염원을 담아 포장해 보냈던 두툼한 원고 봉투가 되돌아와 반으로 접혀진 채 우편함에 꽂혀 있는 걸 보았을 때, 세진은 자신이 그 우편함에 거꾸로 처박힌 기분이었다. 이제는 우편함이 되든가 우편함 청소부가 되든가, 결단해야 했다. 미련으로 뭉쳐진 처박힌 원고 따윈 더 이상 되지 말아야 했다.

"우리 잠꽁이 고모가 옆에 있다고 좋아서 잠을 설쳤나? 이런, 눈곱 좀 봐. 손수건이 어디 갔지? 아, 여기 있구나. 뭐, 웃기는 소리 말라고? 술냄새 때문에 괴로워 죽는 줄 알았다고? 얘가 고모한테 말하는 본새하고는. 그나저나 술냄새 좀 나면 어떠니. 그래봤자 하룻밤인데 뭐. 길어야 하룻밤. 너네 고모, 맨날 왔다가 얼굴만 삐죽 비치고 금방 내빼는 거 잘 알잖아. 맨날 바쁜 척하는 거. 벌써부터 그러니 나중에 좀 뜨기라도 하면 우리를 아는 척이나 할까 몰라."

이선의 수다가 세진의 머리맡으로 흘러들었다. 딸내미 핑계 삼아 시누에게 평소 하고 싶은 말을 쏟아놓는 전략도 고단수다. 얌전하고 과묵하던 이 집 맏며느리 조이선이 어느새 술꾼에 수다쟁이, 그리고 달변가가 된 것이다. 그 이유와 목적도 세진은 잘 알고 있다. 보라의 언어감각을 일깨우기 위한 것임을. 그녀가 하는 모든 일의 최종 목적지는 딸을 향해 있었다. 얘기를 늘어놓는 내내 손놀림도 분주했다. 머리에서 발

끝까지 아이의 몸을 세심한 손길로 지압하고 주무르고 쓸어내리는 전신 마사지를 이선은 하루도 빼놓지 않았다.

대체 이 환자 보호자는 잠은 언제 자고 휴식은 언제 취하는 걸까? 아직 일어날 엄두도 못 내는 세진 자신에 비하면 이선의 체력과 정신력은 놀라웠다. 새벽 2시까지 술을 마시고도 밤새 두 번이나 침대를 살피러 오가더니 6시가 되자 어김없이 하루 일과를 시작한 것이다. 요즘 들어 세진은 과음을 하면 다음날 정오까지 꼼짝도 할 수 없었다. 허울 좋은 자유직이니 온종일 널브러져 있어도 문제될 건 없었다. 그럴 때만큼은 무명작가도 빛을 발했다.

딸깍, 텔레비전 켜는 소리에 이어 흥겨운 댄스곡이 흘러나왔다. 원투 원투— 에어로빅 강사의 구령이 음악과 어우러져 리듬을 탔다. 티브이 화면이 잘 보이도록 보라의 침대 등받이를 조절해놓고 이선은 주방으로 사라졌다. 오래 전 「뽀뽀뽀」 시간에 맞춰 아이를 보행기에 태워 티브이 화면 앞에 두고 부엌으로 향하던 때처럼…… 그 시절, 유치원생이었던 세진은 돌도 안 된 어린 조카애와 나란히 티브이 앞에 앉아 주방에서 흘러나오는 음식 냄새를 맡으며 「뽀뽀뽀」에 빠져들곤 했다. 아빠가 출근할 때 뽀뽀뽀— 엄마가 안아줘도 뽀뽀뽀— 둘은 터울 많은 자매처럼 한때의 어린 시절을 보냈다. 세진의 기억에 가장 행복했던 시절 같았다. 이선이 새 식구가 되는 시점에 맞춰 새로 지은 집으로 이사를 하면서 의식주 자체가 바뀌었다. 어린 세진에겐 삶의 질이 훌쩍 높아진 느낌이었다. 그런 체감 온도는 조카애가 태어나면서 절정에 달했다. 첫 손주의 탄생으로 3대가 한지붕 아래 살게 되면서 집안은 더더욱 활기와 여유로 넘쳤다.

이선은 세진이 내려오면 빈방이 있어도 보라의 방에서 묵는 걸 당연하게 생각했다. 같은 방을 썼던 옛 기억을 일깨우기라도 하듯. 그 역시 딸에게 치유 효과가 있다고 생각하는 모양이었다. 이선의 생각이 그렇다면 믿어야 한다. 지난 칠년간 그녀는 가족들로 하여금 전문의 이상의 권위를 인정치 않을 수 없도록 해왔다. 그날 이후로 이선의 삶이 어떻게 변했는지 다들 잘 알고 있었다. 이런 삶도 있구나, 하고 가슴을 적시면서도 한편으로는 외면하고픈 그런 삶이었다.

—마음의 준비, 단단히 하셔야 합니다.

주치의는 열흘 만에 가족들을 진료실로 불러모았다. 검사 기록이 나와 있는 차트와 임상 사례를 곁들이며 그가 내놓은 결론은, 가망성이라곤 1퍼센트에 불과하다는 말이었다. 흰 가운의 권위 앞에 어느 누구도 반문 한마디 없었다. 청천벽력 같은 선고 앞에서 가족들은 숨 막히게 돌아가던 지난 열흘 내내 그래 왔던 것처럼 다들 넋 놓은 채, 구체화된 현실을 냉정하게 받아들이려 마음을 수습하는 것처럼 보였다. 그때 이선이 침묵을 깨고 나섰다.

—선생님, 그래도 1프로가 엄연히 있잖아요.

흥분한 목소리로 그녀는 오른손 집게손가락을 치켜세워 보였다. 얼핏 보면 의사에게 삿대질하는 듯한 모양새였다. 느닷없는 한마디에 긴장이 감돌았다. 담당의는 안경을 습관적으로 치켜 올리며 CT촬영 필름을 들여다보았고 다른 가족들은 바닥에 시선을 떨군 채 숨죽이고 있었다. 그녀 편을 드는 사람은 아무도 없었다. 세훈조차 그녀의 치켜든 손을 끌어내리며 냉정해질 것을 바랐다. 하지만 이선은 단호하게 고개를 저었다.

—난 1프로가 아니라 0.1프로라도 포기 못해요!

그때 이선의 태도는 모성애에 근거한 집착쯤으로 여겨졌다. 다들 보라가 한 달을 넘길 거라고 생각한 이는 없었다. 삼 개월, 육 개월이 지나고 일 년이 넘어가고 이 년이 가면서 사람들은 차츰 잠든 상태의 보라를, 그런 생명의 존재를 인정하기 시작했다. 무엇보다 그걸 가능케 한 이선의 삶을 인정치 않을 수 없었다.

목이 탔다. 세진은 숙취로 무거운 몸을 간신히 일으켰다.

쓱쓱쓱 탁 탁 탁— 주방에서는 이선의 칼질 소리가 경쾌하게 들렸다. 한쪽에서는 찌개가 보글보글 끓고 있었다. 집에서 보라의 방 다음으로 활기 넘치는 곳이다. 이내 믹서기 돌아가는 소리가 요란하게 났다. 환자식은 유동식으로 만들어야 했으므로 주방에서 가장 많이 흘러나오는 기계음이 믹서

작동 소리였다. 하루에 모두 다섯 번의 환자식과 세끼의 일반식을 만들어야 하는 것, 그것이 이선의 기본적인 일이었다. 주방에서는 매번 환자식과 보통 음식, 두 종류의 조리가 동시에 이루어지고 있었다. 주방 일 외에도 이선은 요양보호사, 간호사, 의사, 재활 코디네이터에 주부 역할까지 수시로 넘나들었다.

세진은 갈증도 잊은 채 올케의 뒷모습을 물끄러미 바라보고 서 있었다. 이선은 자신의 일에 대한 회의 같은 건 없을까? 여전히 처음처럼 이 모든 고단한 일이 결국은 결실을 맺을 거라는 확신으로 차 있을까? 하루아침에 모든 것이 무너져 내릴 수도 있을 거라는 불안, 또는 삶을 고스란히 바쳐도 결국 빈손일 수 있다는 공포 같은 건 없을까?

언젠가 한 번 세진이 그런 의문을 내비쳤을 때가 있었다.

─내가 그런 거 생각할 겨를이 어딨어?

이선에게서 나온 한마디였다.

어느 명절날, 집안 여자들이 모여 앉아 대화 꽃을 피울 때도 그랬다. 중년을 넘어선 주부들이 꺼낸 화제는 각자 겪고 있는 갱년기 증상과 우울증에 관한 것이었다.

─올케는 그런 증상 없어?

후식으로 차를 내오던 이선에게 맏시누이가 물었다. 다들 이선이 그 증상을 가장 심하게 겪을 거라고 생각하는 분위기였다.

—형님도 참, 제가 우울증 앓을 틈이 어디 있어요.

이선이 빈 그릇을 부지런히 주워 담으며 대꾸했다. 그러고
는 휑하니 주방으로 사라졌다. 남은 이들 사이에 한동안 묘한
고요가 감돌았다.

"생리 나오기 시작했다. 보라."

전날 술자리에서 취기가 은근히 돌 즈음, 이선이 나직하게
털어놓았다. 세진은 술이 확 깨는 기분이었다. 끊겼던 생리가
육 년 만에 다시 나오다니……

"두어 달 전에 살짝 핏기가 비치나 싶더니 지난달부터 제법
많이 나오더라고. 생리 다시 시작된 거 맞아."

이선은 목소리를 더 가라앉혔다. 세진은 신약 개발 중인 연
구원의 첫 임상실험 성공담이라도 듣는 기분이었다. 기적 같
은 일 아닌가, 기적. 결코 쉽게 오는 게 아니지만 불가능한 일
도 아니라는 걸 입증해 보인 것이다. 이 평범한 가정주부 조
이선이……

"보라, 몸무게도 5킬로나 늘었어. 이젠 55킬로야."

이선의 결실이 하나 더 드러났다.

"올케가 힘들겠네."

세진은 걱정부터 늘어놓았다. 몸을 못 가누는 환자를 침대
에서 안아 일으키고 뉘고 하는 게 보통 어려운 일이 아님을
잘 알고 있었던 것이다. 하지만 이선은 100킬로가 나간들 자

신이 감당 못하겠느냐며 받아쳤다. 호기가 아니라 자신감이 녹아 있는 목소리였다.

언젠가부터 이선은 세진에게 불가사의한 존재로 다가왔다. 그녀가 만들어내는 결과가 그랬다. 이제는 보라의 담당 주치의까지 이선에게 조언을 구해올 정도였다. 환자 돌보기부터 식단까지 세세하고 구체적인 그녀만의 노하우가 어느새 의학적 연구 대상이 된 것이다.

"정말, 별일 없는 거지?"

이선이 다시 세진에게로 관심을 돌렸다.

"그냥 바람이라도 쐴 겸 왔다니까."

속내를 들킬세라 세진의 목소리에 힘이 더 들어갔다. 얘기 도중에도 반송돼 온 원고가 언뜻언뜻 악몽처럼 스쳤다. 술자리 핑계 삼아 속내나 좀 털어놓을까, 하다가도 자칫 감당하기 힘든 말이 흘러나올까 봐 애써 삼키던 차였다. 시장 논리로 본다면, 그건 정리해고 통보나 다름없었다. 젊음을 바쳤던 직장에서 퇴직금은커녕 밀린 월급도 못 받고 잘리게 된 신세 같았다. 울컥울컥 억울함도 솟구쳤다. 그런 참담한 현실을 떨치고자, 아니 오히려 현실을 직시하고 그걸 받아들이고자 나선 여행이었다. 기차에서 갑자기 변덕을 부려 목적지가 바뀌긴 했지만……

"어쨌든 축하해. 기적 같은 일이 일어났으니."

세진이 잔을 들며 말했다. 부러움에 대리 만족, 거기다 상실감까지 얽혀든 복잡한 감정이었다. 자신의 삶에는 영영 일어나지 않을 일이라는 생각이 스치자 가슴이 아릿해왔다.

"그거, 기적 아니다."

이선이 정색하며 받았다.

"기적이 아니면? 99프로가 아닌 1프로, 그 1프로가 적중한 건데."

세진은 의사가 언급했던 수치를 떠올렸다.

"그런 숫자놀음을 내가 믿을 거 같애?"

이선이 대뜸 받아쳤다. 보라와 관련한 일만큼은 그녀도 호락호락 넘어가지 않았다. 소신에 가까운 고집이 있었다.

"확률도 결국 숫자에 불과해."

이선 스스로 체득한 진실이었다. 그 말에 세진은 얼핏 난민을 떠올렸다. 숱한 침몰 사고를 알면서도 다투어 배에 올랐던 사람들…… 죽거나 살거나, 그 절반의 가능성에 그들은 기꺼이 몸을 맡겼다. 그들 중 어떤 이는 1퍼센트의 확률에 몸을 던졌을 수도 있었다. 피와 화약 냄새로 그득한 모래땅보다는, 죽더라도 지중해의 푸른 물에 안기는 게 낫다고 생각한 몽상가도 있었을 것이다. 그들만 해도 이곳과 저곳 사이에서, 적어도 선택을 했던 사람들이다. 그런 가능성조차 떠올려보지 못하고 사라져간 이들도 있었을 테지. 생각할수록 가슴이 서늘해왔다. 한편으로는 극단적 상황에 연신 감정이입을 하고 있는 자신에게 실소가 났다. 그들을 향한 것인지 자신을 향한

것인지 분간조차 어려운 자조와 연민 속에서 세진은 연신 잔
만 기울였다.

보라가 환하게 웃고 있다. 침대 머리맡 쪽 벽면에 인증 샷
처럼 걸려 있는 사진이다. 단풍이 환상적으로 물든 캠퍼스를
배경으로 벤치에 앉은 청재킷 차림의 여대생이 머리를 손으
로 쓸어내리며 웃고 있다. 스무 살다운 풋풋함과 건강미를 물
씬 내뿜으며…… 침대 건너편 벽 쪽으로는 대학 입학 선물로
받았던 XP 노트북이 놓인 작은 책상이 있고 그 옆의 서랍장
위에는 친구들이 병문안 오면서 가져온 선물이 그득 쌓여 있
었다. 스무 살 생일 선물로 받은 화장품 냉장고는 여전히 윙
윙거리며 돌아가고 있었다. 모든 것이 칠 년 전 그대로다. 휴
대폰까지 그대로다. 011이 010으로 바뀌긴 했다. 지난 생일
에는 2G폰이 스마트폰으로 바뀌었다. 보라의 친구들이 아직
도 문자 메시지나 전화로 안부를 전해오기 때문이었다. 해외
에서 전화를 해오는 친구도 있다고 했다. 청첩장을 직접 들고
온 친구도 있었고 그새 이혼하고 넋두리하러 찾아온 친구도
있었다. 이 관계의 유지 또한 이선의 부단한 노력 덕이었다.

　─진경아, 보라가 결혼 축하한대. 못 가서 미안하다고. 나중
에 결혼 선물 꼭 보낼 거라고, 뭐가 갖고 싶은지 알려달랜다.

　─보라가 디자인한 해바라기 패턴 있거든요. 그 패턴이 수
놓인 천 가방이요. 보라도 알 거예요. 예전부터 그거 갖고 싶

다고 노랠 불렀으니까요.

그런 대화 혹은 문자 메시지가 꾸준히 오갔다.

보라의 몸에서 서서히 일어나고 있는 변화, 그것은 이선의 말대로 1퍼센트 확률에 얽힌 기적이 아닌지도 몰랐다.

*

"오빠는?"

웬일인지 집 안에 세훈이 보이지 않았다.

"사무실 보러 갔어. 친구 건물에 사무실이 하나 비었다는 연락 받고."

세진은 눈을 동그랗게 떴다.

"참, 내가 말 안했구나. 오빠, 얼마 전에 공인중개사 자격증 땄거든."

의외였다. 자격증 취득 자체는 크게 놀라운 소식이 아니었다. 건축 관련 국가공인기술 자격증을 비롯해 세훈이 그동안 취득한 자격증만 해도 족히 열 개는 될 터였다. 마흔한 살에 처음으로 건설사에 취직했으나 거친 조직 분위기가 마음에 들지 않는다며 오 개월 만에 그만둔 게 세훈의 유일한 직장 생활이었다. 그가 딴 대부분의 자격증은 자존감 회복 수단에 지나지 않았다. 그런 큰오빠가 이제 와서, 더욱이 공인중개사라니……

"웬일인지 이번에는 사무실까지 알아보러 다니네."

이선이 어깨를 으쓱했다. 납득이 안 가기는 그녀도 마찬가지라는 제스처였지만 이번만큼은 다를 것이라는 기대도 묻어났다.

맏아들로서의 기대와 관심을 한몸에 받으며 자란 세훈은 어릴 적부터 고집과 자존심이 유별났다. 그런 그가 원래의 꿈을 접고 자신의 기대치에 한참 못 미치는 일로 생활 전선에 뛰어들기는 쉽지 않았다. 하늘을 찌를 듯한 콧대와 자존심이 꺾이는 데 남들 몇 배의 시간이 필요했던 것이다. 어쩌면 오빠도 마침내 그걸 절감한 게 아닐까. 막다른 골목…… 그런 생각에 이르자 세훈의 변화가 고무적이고 반갑기만 한 것도 아니었다.

"언니는 숙취 전혀 없어?"

세진이 이선에게 커피를 건네며 물었다.

"그 정도 가지고 무슨, 난 감기도 안 걸리는 사람이야. 웬만한 바이러스는 나한테 얼씬도 못해."

이선은 커피를 한 모금 들이켰다.

"딸내미 덕 톡톡히 보잖아. 맏며느리인 내가 집안 대소사 안 챙긴다고 불평하는 사람이 있길 해. 술 마신다고 흉보는 사람이 있길 해."

이선은 의기양양한 어조였다.

"문제아도 속만 썩이는 건 아니구나."

세진이 받아쳤다.

"어때, 외출 분위기 좀 나는 것 같아?"

어느새 이선은 보라를 휠체어에 태워 거실로 데리고 나왔다. 재활센터 가는 날이었던 것이다. 화사한 나들이옷으로 갈아입은 보라는 연하게 메이크업까지 한 얼굴이었다.

"완전히 바람난 아가씨 분위기네. 나가서 스캔들 일으킬라."

"고모도 참, 애 헛바람 들라."

이선이 눈을 끔뻑해 보이며 말했다.

가끔 세진이 보라의 존재를 잊은 듯 아무 말이나 편하게 늘어놓으면 이선은 정색을 했다. 보라가 사람들 얘기를 다 듣고 있다고 생각했던 것이다. 그건 보호자로서의 도리나 예의에서 나온 게 아니라 경험에서 나온 확신이었다. 침대에서 늘어놓는 이선의 말이 수다에 가까울 정도로 자연스러운 것도 그래서였다.

세진은 휠체어에 앉은 조카애를 찬찬히 들여다보았다. 얼굴도 이전과는 확실히 달라졌다. 살이 오르면서 턱선이 부드러워졌고 이목구비도 균형을 찾아가고 있었다. 얼굴 윤곽뿐 아니라 혈색도 건강미를 띠어가고 있었다. 보라는 이제 이선이 새로이 만들어가고 있는 그녀의 창조물이었다. 모성을 넘어 그녀는 이제 자신만의 독자적인 세계를 구축해가고 있었다. 진정한 프로의 세계로……

"언니, 나도 같이 따라갈까?"

세진은 집에 혼자 남겨진다는 사실이 왠지 불편했다.

"나 혼자 충분해. 구청에서 나온 차량과 기사도 밑에 대기 중이고…… 고모는 집이나 좀 지키고 있어라. 오빠 올 때까지."

이선이 휠체어 방향을 현관 쪽으로 잡으며 말했다.

그 말이 세진에겐 오누이끼리 모처럼 대화나 좀 나누라는 의미로 들렸다.

모녀가 사라지고 나자 집은 휑했다. 움직임도 소리도, 심지어는 시계 바늘마저 멈춘 느낌이었다. 세진은 주방으로 가서 커피를 한 잔 더 탔다. 커피 잔을 들고 집 안을 돌아다니기 시작했다. 무거운 실내 공기를 이리저리 가르며 걷다 안방으로 향했다. 오빠가 늘 앉아 있던 곳에는 컴퓨터 책상만 덩그러니 놓여 있었다. 모니터는 꺼진 채였고 재떨이는 말끔히 비워져 있었다. 담배 연기 섞이지 않은 방 안 공기는 상쾌하다기보다 낯설었다. 일정한 간격으로 흘러나오던 바둑돌 소리도 없었다. 딱— 딱— 무기력과 권태와 꼿꼿한 자존심이 뒤섞인 소리…… 세진은 오빠가 앉아 있던, 닳아 반들거리는 가죽 방석이 놓인 의자에 앉았다. 망망대해에 떠 있는 작은 섬에 올라앉은 느낌이었다. 이곳을 벗어난 오빠가 낯선 세계에 무사히 닻을 내릴 수 있을까? 자신의 질문에 세진이 내린 답은, 어느 쪽으로도 기울지 않는 반반의 확률이었다. 그래도 1퍼센트의 오십 배에 달하는 확률 아닌가.

'일어나 일어나! 강보라 일어나!'

세진은 조카애 침대 머리맡 벽면에 걸린 플래카드 문구를 들여다보았다. 간절한 염원이 담긴, 아이보리색 실크 천에 십 자수로 한 땀 한 땀 수놓은 글자. 그 위로 세진의 습작 노트 표지에 적힌 문장이 겹친다.

'이 세상에 단 하나뿐인 책을 꿈꾸며……'

노트를 들출 때 제일 먼저 눈에 띄는 문장이었다. 그 황홀한 꿈에 젖어 십 년이란 세월을 훌쩍 흘려보낸 것이다. 긴 시간, 혼신을 다해 사랑했으나 결국 짝사랑에 불과했음을 인정해야 할 때와 같은 곤혹스러움이랄까. 호응해오지 않는 상대에게 자신의 진정성을 믿어달라고 매달릴 수도, 그런다고 될일도 아니었다. 치명적 과오를 범하기 전에 마음의 정리를 하는 것, 어쩌면 그것이 순정했던 자신의 사랑에 대한 마지막 예의인지도 모른다는 생각도 들었다.

커피 마지막 모금을 들이켜며 세진은 기차 칸에서의 일을 떠올렸다. 이번 정차 역은 D역, D역입니다. 방송에서 친숙한 역명이 흘러나오던 순간, 세진은 무의식적으로 자리에서 일어났다. 목적지와 고향집 사이에서 잠시 갈등이 있었으나 몸은 이미 기차에서 내려서고 있었다. 왜 그랬을까? 지난번처

64

럼 오빠가 한 번 더 그 문제를 꺼내주길 바랐던 걸까? 확실한 병원체 앞에 두 손 들거나 아니면 영원한 투신을 선언하거나, 자신의 입장 표명을 분명히 하려는 것, 그래서 한 번 더 힘을 얻고자 했던 건 아니었을까. 이선이든 세훈이든 아니면 조카애든, 그 결단에 누구라도 끌어들여 재기의 힘을 얻어보겠다는 속셈이 아니었을까?

베란다 창으로 건듯 바람이 불어왔다. 초가을 오후의 건조하고 선선한 바람이다. 세진은 가라앉는 몸을 추슬러 일어났다. 집안에 드리운 묵직한 공기부터 몰아내고 싶었다. 베란다 창을 활짝 열어젖혔다. 그런 다음 소파에 놓인 등받이 쿠션부터 뒤집어놓았다. 해바라기·장미·백합 꽃문양 아플리케 쿠션을 뒤집어 해와 달, 별 문양으로 바뀌자 새 쿠션 효과가 났다. 세진은 청소기를 가져와 돌리기 시작했다. 윙— 진공청소기에서 흘러나오는 기계음이 곳곳에 드리운 적막감과 먼지를 몰아내주었다.

청소를 끝내고 말끔해진 실내를 둘러보던 세진의 눈에 구석 쪽에 놓인 죽은 벤자민 화분이 들어왔다. 그것까지 치우면 집안 분위기가 한결 밝아 보일 것 같았다. 화분으로 손을 뻗치다 세진은 멈칫했다. 화분 흙에 새끼손가락 길이만 한 연초록 새순이 뾰족 뾰족 돋아나 있었던 것이다. 어린 싹이 당돌하게 고개를 치켜들고 '아직 난 살아 있다고요' 하며 외치고 있었다. 놀라웠다. 혹시 너도 그 1퍼센트? 세진이 냉소하듯 중얼거렸다. 사소한 것들까지 자신의 자리를 밀어내고 있다는 생각이 들었다. 그래, 한번 잘살아봐라. 세진은 화분에서 손을 뗐다.

쓰레기봉투만 처리하면 청소는 말끔히 마무리될 터였다. 세진은 쓰레기봉투를 집었다. 묵직했다. 단단하게 묶인 반투명 비닐 사이로 내용물이 비쳤다. 담배꽁초부터 기저귀와 주사기 바늘, 낡은 고무장갑까지 식구들 손을 거쳐간 폐기물이 빼곡히 들어앉아 있었다. 그것들은 밀폐된 봉투 속에서 '이대로 소각장 연기로 사라질 순 없다'며 아우성치고 있었다. 세진은 집으로 들어설 때 그것을 보면서 들었던 충동이 떠올랐다. 꽁꽁 묶여 있던 매듭을 풀어헤치고 싶었던 건 어쩌면 이 때문이 아니었을까? 그것들의 복닥거림이 사뭇 유혹적이었다. 이 집안에서 빼내갈, 마지막으로 남은 귀중품이기라도 한 듯……

세진은 빨리 집으로 가고 싶었다. 여행도 오빠네 가족도 더는 안중에 없었다. 방으로 가서 가방부터 챙겨 멘 다음 대단한 수확물이라도 되듯 조심스레 쓰레기봉투를 집어들었다. 제법 묵직했다. 집을 나선 세진은 등뒤에서 닫히는 현관문 소리를 들으며 깨달았다. 포기의 타이밍. 자신은 그것마저 놓쳤다는 걸…… 더는 놓칠 것도 내려놓을 것도 없어진 때문인지 걸음만큼이나 마음이 가벼웠다. 양손에 든 쓰레기봉투가 위안처럼 몸의 중심을 잡아주었다.

동東조선 이야기

승리한 스모 선수는 감격의 눈물을 흘렸다. 체구와 눈물이 어떤 상관관계를 갖는지는 알 수 없었지만 선아는 거구의 남자가 보이는 눈물이 불러일으키는 기이한 낯설음에 빠져 있었다. 단번에 부와 명예를 거머쥔, 150킬로그램이 넘는, 기형적으로 비대해 보이는 남자가 맨팔뚝으로 눈자위를 훔치고 두툼한 손가락으로 눈물을 닦아낼 때는 어린아이처럼 천진해 보이기도 했다. 보통 사람 두 배의 몸무게지만 나이는 기껏해야 스물두엇일 터였다. 이십대에 이렇듯 생의 절정을 경험하고 나면 나머지 삶은 어떻게 견뎌낼까, 하는 우려부터 스쳤다.

챔피언 자리를 뺏긴 남자는 눈물을 보이진 않았다. 눈물조차 이긴 자의 전유물이었다. 그곳이 더 이상 자신의 자리가 아니게 된 이전 챔피언은 서둘러 물러났다. 뒤뚱뒤뚱 멀어져 가는 그의 넓고 허연 등판에 선아의 눈길이 머물렀지만 카메라는 역시 빨랐다. 이내 그것은 승자에게로 옮겨가 그의 얼굴을 클로즈업하기 시작했다. 진 자의 곤혹보다 이긴 자의 환희에 주목하는 대중의 생리를 정확하게 파악하고 있는 앵글이었다. 경기장은 흥분의 도가니였다. 직경 4.4미터 모래판을 중심으로 층을 이루며 방사형으로 뻗어나가는, 사람들로 빼곡히 들어찬 관람석을 카메라는 천장에서 부감으로 잡았다. 흥분과 열광의 도가니가 회오리바람처럼 끓어오르는 효과를 노린 것 같았다.

—일본 선수가 챔피언이 된 게 십구 년 만이라네.

사촌은 해설자의 말을 우리말로 옮겨주었다.

오랫동안 몽골을 비롯한 외국 선수들이 챔피언 자리를 독식해왔다고 했다. 한국의 천하장사 씨름 대회처럼 이 나라도 해마다 이맘때면 그해의 스모 일인자를 가리는 시합이 있었다. 씨름보다 더 단순해 보이는 이 전통 종목이 이곳에서는 3대 국민 스포츠의 하나라고 했다. 그 말에서 선아는 끈질기게 유지되고 있는 이 나라 지도자들의 신사참배 혹은 2차 대전 때의 가미카제를 연상했다. 민족혼이 담긴 전통 스포츠에서 십구 년 만에 자국민 챔피언이 탄생한 역사적인 결과 앞에 사람들이 열광하는 건 너무도 당연해 보였지만 그런 종목에 외국인 선수를 허용했다는 사실은 또 의외였다.

스모 경기를 제대로 본 건 처음이었다. 선수 간의 기 싸움과 심판의 전통적인 진행 방식 등 장황한 절차에 비해 승부는 몇 초 만에 판가름 났다. 도박을 보듯 허탈했다. 프로 스포츠와 도박의 유사성이야 새삼스러운 것도 아니건만, 그 유별난 허탈감은 낯선 스포츠에 대한 기대와 긴장이 낳은 결과로 보였다. 전부 아니면 전무, 승 아니면 패, 그 둘로 단순 명쾌하게 나뉘는 것이 도박 혹은 스포츠의 묘미일 터였다. 한때는 그녀도 특정 스포츠와 선수에 열광하는 팬이기도 했지만 언젠가부터 그런 일이 시들해졌다. 누가 이기고 지는지에 관심이 없었다. 아니 피하고 싶었다.

—한잔 더 해야지.

사촌은 진열장에서 소주를 꺼내기 위해 자리에서 일어났다. 그제야 선아는 자신의 술잔이 비었음을 알았다. 취향에 따라 사촌은 사케를, 그녀는 소주를 택해 마셨다. 한 손에 들어올 정도로 작고 갸름한 단지 모양의 병에 담긴 이곳 소주는 한국 것보다 맛이 깔끔했다. 소주다운 맛이 났다. 가능하다면 그녀는 이쯤에서 여행을 마무리하고 가방에 그것만 가득 채워 한국으로 돌아가고 싶었다. 이런 생각이 불쑥불쑥 들 때마다 그녀는 북해도의 설경을 떠올렸다.

여행의 딱 중간 지점이었다. 위치도 일정도 그랬다. 그녀는 오키나와에서 시작해 오사카와 교토를 거쳐 2주 만에 도쿄에

도착했다. 오키나와에서 북해도까지 일본 열도를 다 밟아보 겠다는 야심 찬 계획으로 나선, 한 달 여정이었다. 그 사이에 오사카에서 최근 직장을 잡은 외사촌 동생과 재일교포인 사촌을 만나는 걸 일정에 끼워 넣었다. 외사촌 동생이야 한국에서 같이 나고 자랐으니 자주 봐온 사이였지만 교포 2세인 사촌은 세번째 만남이었다. 사촌지간이긴 해도 선아와는 스무 살 이상 나이 차가 나는 손위 오빠였다. 일찍 상처하고 혼자 살고 있는 그는 일본에서 흔히 볼 수 있는 1인 가구 세대주, 그러니까 독거노인이었다. 더 정확하게 말하면 주기적 독거 인이었다. 그에게는 한국에서 일 년에 분기별로 한 번씩 와서 머무는, 선아의 맏언니 선희가 소개해준 십년지기 여자 친구도 있었다. 일 년에 두어 달은 여자 친구와 함께 지내는, 선아가 보기에는 꽤 이상적인 독신 생활이었다.

신오쿠보역 근처 편의점 공중전화에서 사흘 만에 사촌과 간신히 전화 연결이 되었다. 이국땅에서 동전식 공중전화를 이용해 현지인의 집 전화로 통화해야 하는, 추억 속의 일을 힘겹게 치르고 나서야 그녀는 휴대폰이 '휴대'용품이 아니라 이미 '몸의 일부'가 돼버렸음을 깨달았다.

사촌은 선아에게 집으로 오라고 했다. 그는 도쿄에서 전철로 한 시간 정도 떨어진, 서울로 치자면 일산이나 용인 같은 신도시쯤 될 것 같은 곳에 살았다. 대형 쇼핑몰과 연결된 하치오지역에서 도보로 십여 분 거리의 주택가에 사촌의 집이 있었다. 전통 일본식 가옥을 본뜬 아담한 현대식 이층집들이 야트막한 언덕에 질서 있게 들어서 있는 조용하고 단정한 동네였다. 지붕이나 벽의 색깔과 세부 치장은 조금씩 달랐지만 집들은 일정한 규격과 양식으로 통일돼 있었다. 어느 집이나 필수적으로 차고가 딸려 있고 그 차고를 끼고 나 있는 계단을 올라서면 현관문이 있었다.

실내로 들어서자 일층은 안방 하나와 거실 겸 주방이 있고 거실 창 뒤쪽으로는 빨래나 널 수 있을 정도의 작은 마당도 보였다. 현관에서 좁은 나무 계단을 올라가면 욕실 겸 세탁실이 먼저 나타나고 계단을 한 층 더 오르면 마루를 사이에 두고 두 개의 다다미방이 마주보고 있었다. 서울에서 보았던 적산가옥이 현대식으로 변형된 듯한, 아담하고 정감 어린 집이었다.

택시 기사를 하다 최근에 은퇴한 사촌은 아직 한가한 생활이 익숙지 않은지 선아의 방문을 이산가족 상봉만큼이나 반겼다. 굳이 선아를 집으로 오게 한 이유도 짐작이 갔다. 사실 그녀는 사촌과 친숙한 사이는 아니었다. 그가 한국에 왔을 때 두어 번 식사 자리에서 본 게 다였다. 사촌은 한국에 오면 주로 선아의 맏언니 선희 집에 머물렀다. 맏언니 부부와 사촌 커플이 친구처럼 잘 어울려 다녔다.

사촌은 칠순에 접어들었으나 피부와 체력만큼은 나이에 맞지 않는 젊음과 건강을 유지하고 있었다. 그는 생후 오 개월

때 부모 품에 안겨 일본으로 건너와 내내 이곳에서 살았으니 일본인이나 다름없었지만 한국어 구사에 손색이 없었다. 습관적으로 쓰는 말버릇 몇 가지만 빼면 완벽한 한국어였다.

—어디, 사케 맛 좀 볼까.

사촌은 선아가 선물로 사 간 술을 테이블에 올려놓았다. 동생을 통해 보낸 선희의 선물을 진열장에 챙겨 넣고 난 다음이었다.

사촌은 첫 잔을 따라 입에 머금은 채 음미하면서 천천히 고개를 끄덕여 보였다. 선아는 사케보다 사촌의 집에 있는 일본 소주가 더 입맛에 맞았다. 소주에 비하면 사케는 탄산이 빠진 사이다처럼 밍밍하고 싱겁게 느껴졌던 것이다. 그렇게 시음 삼아 시작한 낮술이, 잘못 꿰어진 첫 단추가 된 셈이다.

겨울이라 해가 짧기도 했지만 그 집 거실은 옆집과의 간격이 충분치 않아서인지 햇빛이 조금밖에 들어오지 않았다. 오후 3시의 겨울 햇살이 거실 창턱에 시늉하듯 걸쳐져 있었다. 식탁 위의 스탠드 조명 하나에 의지한 은은한 실내는 술 마시기 좋은 분위기였다. 자칫 서먹할 수도 있는 관계였지만 술이 놓인 자리는 역시 편했다. 사촌의 집은 남자 혼자 사는 것치고 아주 깔끔했다. 신문은 한쪽 구석에 차곡차곡 쌓여 있었고 재활용 수거 용기도 구분되어 그 옆에 놓여 있었다. 난생처음 와보는 곳이건만 아련한 기억 속의 장소 같기도 하면서, 선아는 비로소 진짜 여행이 시작된 듯한 기분에 젖었다. 오키나와

해변에서 에메랄드빛 바다를 바라보고, 교토 청수사 골목길을 발이 부르트도록 걷기도 하고 눈발 날리는 아라시야마 대숲의 황홀경에 빠져보기도 했지만 사촌의 집에 들어앉고 나니 그것들은 스치는 이국 풍경에 지나지 않았다.

얼근히 도는 취기도 한몫하긴 했다. 낯선 도시의 밤거리를 거닐 때면 뒷골목 선술집의 술렁이는 분위기가 더없이 유혹적이었으나 혼자 들어갈 용기가 나지 않아 번번이 눈요기에 그쳤던 것이다. 특히나 옛 종로의 피맛골을 연상시키는 신주쿠 뒷골목의 작고 운치 있는 주점들은 두고두고 아쉬움으로 남았다. 혼자 하는 여행의 자유로움, 그만큼의 부자유가 그림자처럼 따랐다. 젊었을 때는 젊은 대로, 나이가 들어서는 든 만큼, 가려야 할 것과 눈치 봐야 할 것들이 있었다. 밤 문화에 대한 아쉬움은 근처 마트나 편의점에서 산 간단한 도시락을 안주 삼아 숙소에서 캔맥주 하나로 달래는 게 고작이었다. 그랬던 만큼 사촌이 베푼 낮술은 그녀에겐 지난 2주간의 여행에서 쌓이고 쌓였던 결핍과 아쉬움을 해소해주기에 충분했다.

벽걸이용 히터와 스탠드형 전기난로가 실내를 따뜻하게 해주고 가습기와 공기 정화기가 같이 작동하면서 거실 공기는 쾌적하게 유지되었다. 토스터와 커피메이커까지 생활용 가전제품은 빠짐없이 갖춰져 있는, 여느 가정집과 다름없는 살림살이였다. 유난히 선아의 시선을 끈 것은 텔레비전 옆에 놓인 바이올린이었다. 방금 켜고 난 것처럼 그것은 열린 케이스 위에 활과 함께 놓여 있었다. 여러 물건 가운데에서 유난히 존재감을 발하며.

—삼 년 전에 시작했는데, 아직도 초보야. 저거 때문에 흰머리가 부쩍 늘었단 말이지.

검은 머리카락이라곤 한 올도 보이지 않는 완전 백발을 과장되게 쓸어 넘기며 사촌이 말했다.

지금껏 숱한 취미를 가져보았지만 바이올린만큼 실력이 제자리걸음인 건 없었다며 그는 볼멘소리였다. 일주일에 한 번 있는 레슨에서 팔순 넘은 선생이 매번 칭찬을 늘어놓지만 도무지 실력이 늘지 않는다며 선생의 레슨에 문제가 있는 게 아닌지 모르겠다고 불평이었다. 손님 된 도리로 그의 말에 연신 고개를 끄덕이면서도 선아는 내심 팔순 선생이 칠순의 학생을, 그것도 선생의 가르침에 의구심을 품는 학생을 레슨 하는 기분은 어떨까, 하는 생각이 들었다. 어쩌면 선생은 삼 년 내내 제자리를 맴도는 실력임에도 포기하지 않는 교습생의 끈기를 칭찬하는 것일 수도 있겠다 싶었다. 선생 본연의 역할이 그런 것 아닌가. 고래도 춤추게 하는 칭찬이라는 마술로 학생을 춤추게 하면서 각자 자신에게 어떤 춤이 맞는지 스스로 깨우치도록 하는 것…… 사교육이 공교육을 잠식해가는 현장에 몸담고 살아온 선아에게 그런 이상적인 교육은 이제 사촌처럼 경쟁도 입시도 없는 나이가 돼서야 가능한 것으로 보였다.

사촌은 바이올린 레슨 외에도 일주일에 두 번은 성당의 봉사 활동, 한 달에 두 번은 등산 모임에 나가며 짜임새 있는 노후 생활을 하고 있었다.

—도쿄행 마지막 전철은 몇 시에 있나요?

선아가 문득 방문객인 자신의 처지를 떠올렸다. 조용히 마시고 있다가 신데렐라처럼 마차 시간에 맞춰 사라지는 것이 자신의 퇴장 스타일이었다. 아무리 이국땅에서의 사촌 집이라 해도 남의 집에 묵는다는 건 쉬운 일이 아니었다.

—빈방도 많은데 무슨 걱정? 자고 가면 되지.

사촌이 정색하며 선아를 나무랐다.

산골 노인한테서나 나올 법한, 요즘은 한국에서도 보기 드문 반응이었다. 오사카에서 외사촌 동생을 만났을 때와는 너무도 다른, 이런 낡고 촌스런 방식이 손님을 꽤나 편하게 해주는 말임을 실감했다. 대도시의 바쁜 샐러리맨으로 변신한 외사촌 동생과는 늦은 퇴근 후에야 만날 수 있었지만 쫓기듯 여유가 없었다. 그는 일본 유학 오 년 만에 박사학위를 받고 귀국했지만 번번이 교수임용에 떨어지더니 결국 포기하고 최근에 오사카의 한 무역회사에 취직했다. 늦깎이 신입사원인 그를 난바의 도톤보리 근처에서 만났다.

—헬조선 피해 왔더니 여기가 동조선이라네.

외사촌은 그렇게 운을 떼더니 늦은 퇴근에도 상사의 눈치를 보며 빠져나와야 했다며 투덜거렸다.

'동조선'이라는 낯선 용어에 선아는 눈을 치켜떴다.

─동쪽에 있는 조선이란 뜻이지.

외사촌은 경쟁 논리와 꽉꽉한 회사 분위기가 한국이랑 하나도 다를 게 없다는 데서 나온 말이라고 덧붙였다.

─회사 내 일본 동료들은 한국을 뭐라고 하는지 알아, 누나?

선아를 테스트해보려는 듯 외사촌이 물었다.

─글쎄…… 서일본?

동조선에서 힌트를 얻은 그녀가 순간적으로 떠올린 답이었다.

─빙고!

외사촌이 손가락을 퉁겼다.

거기까지가 유쾌한 분위기였다. 그 후로는 회사 생활에 대한 외사촌의 불만이 하나둘 흘러나오기 시작하더니, 나중에는 임용 탈락했던 한국의 대학 쪽으로 비난의 화살이 옮겨갔다. 그는 교수직에 아직도 미련이 남은 것인지 자신의 임용 실패에 대한 원인을 조목조목 짚으며 한국 사회의 뿌리 깊은 인맥 정서를 성토하기 시작했다. 그와 비슷한 전철을 밟았던 선아 역시 한때 뼈저리게 겪었던 일인지라, 그의 분노와 상실에 충분히 공감이 갔다. 칠 년간의 시간강사 생활을 끝으로 그 세계를 떠나면서 그 일에 미련을 갖지 않게 된 선아와 달리 젊은 그는 아직 체념이 어려운 모양이었다.

외사촌 얘기에 집중하느라 그녀는 식사 내내 음식을 즐길 여유가 없었다. 성격이나 인품도 실력 못지않게 갖춰야 할 자질이라는 인류 보편의 정서를 그가 사회적 병폐와 구분치 못하는 게 아닌가 하는 생각도 들었지만 선아는 그 점을 굳이 일깨우지는 않았다. 어쨌든 그는 한국 사회 어디에나 만연해 있는 고질병인 도덕불감증의 엄연한 피해자였던 것이다. 외사촌은 동조선과 서일본을 넘나들며 비판과 불만, 넋두리가 뒤섞인 얘기를 늘어놓더니 식사가 끝나자마자 집에 가서 할일이 있다면서 일어섰다. 선아의 근황에 관한 질문은 한마디도 나오지 않아 선아는 내심 다행스러웠다.

—여행 잘해, 누나.

외사촌은 집 앞에서 만난 친구처럼 가볍게 작별 인사를 했다. 게스트하우스의 침대 한 칸이 사촌 누나의 잠자리라는 걸 알면서도 그는 자기 아파트에 하룻밤 묵어가라는 인사치레 한마디 하지 않았다. 선아는 젊은 세대다운 그런 쿨한 태도가 편했지만 일본식 선술집에 대한 기대가 물 건너간 것만큼은 아쉬웠다.

그때의 아쉬움을 보상받기라도 하듯 사촌 집에서는 시간이 늘어난 고무줄처럼 여유로웠다. 제법 시간이 흘렀을 거라고 생각하고 시계를 보면 여전히 초저녁이어서 느긋하게 다시 잔을 들곤 했다. 편한 분위기에서 천천히 마시는 술은 기분 좋을 정도의 취기를 일정하게 유지시켜주었다. 소주가 바닥을 드러내고 이제 정말 일어나야겠다고 생각할 즈음, 사촌이 책장에서 뭔가를 꺼내와 테이블에 올려놓았다.

—받아놓은 지 반 년이 지났는데 아직 들여다보지 못했거든.

두꺼운 케이스에 든 그것은 여섯 권짜리 족보였다. 그는 종이 케이스에서 책들을 하나씩 꺼내놓았다. 도서관 족보실 앞에서 커다란 돋보기를 들고 오가던 노인들 모습이 사촌과 겹쳤다. 그가 조부와 증조부 이름을 알려주며 집안사람들을 한 번 찾아보라고 하는 바람에 선아는 이국땅에서 난생처음 족보란 것을 들춰보게 되었다. 확대한 옥편을 보는 것 같았다. 여섯 권짜리 족보에서 조부와 증조부 이름을 찾는다는 건 모래사장에서 떨어져 나간 금니 조각을 찾으라는 말 같았다. 사촌보다야 한참 손아래여도 이제는 그녀도 작은 글씨 앞에서 눈을 가늘게 떠야 하는 나이였다.

뭔가 힌트가 될 만한 게 있을 거라고 생각하며 그녀는 1권에서 6권까지 차례로 책을 이리저리 들춰보았다. 아니나 다를까 어느 책 겉표지에서 쪽지 한 장이 떨어져 나왔다. 그 메모지에 특정 쪽수가 적혀 있었다. 그 쪽을 펼치니 익숙한 이름이 눈에 띄었다. 큰아버지와 그녀의 아버지 이름 아래에 같은 항렬의 돌림자를 따르는 사촌들이 쭉 나열돼 있었다. 선아 이름은 올라 있지도 않았다.

—왜 여자들은 족보에 안 올렸을까? 엄마 없는 자식이 어떻게 있을 수 있다고 말이지.

아쉬움이 깊이 밴 사촌의 말이었다. 선아를 염두에 둔 말 같았지만 어쩌면 딸을 유일한 혈육으로 둔 자신의 처지를 한

탄하는 말일 수도 있었다. 족보상으로 그는 자신에게서 대가 끊기는 운명이었던 것이다.

선아는 자신의 이름이 올라 있지 않아 다행이었다. 무거운 족보를 들추며 익숙지 않은 글자를 찾아야 하는 노역을 일단 면할 수 있는데다 종잇장 위에서 대가 끊기는 슬픔을 겪지 않아도 되기 때문이었다. 공공도서관 족보실 앞에서 커다란 돋보기를 들고 오가는 노인들과 마주칠 때면 그녀는 죽어가는 난초가 꽃을 피워내는 걸 보는 기분이었다.

―개 건너 과수원집 동수는 어떻게 지내나?

―지난해 암으로 돌아가셨어요.

―동춘동 살던 막냇삼촌은?

―미국 아들한테 간 뒤로 통 소식을 몰라요.

펼쳐놓은 족보에 나와 있는 부친의 형제와 사촌들 이름을 일일이 호명하며 그들의 근황과 어릴 적 얘기가 사촌과 선아의 기억을 통해 번갈아 흘러나오기 시작했다. 3대에 걸친 직계와 방계의 친인척 소식을 짧게 나누는 것도 간단한 일은 아니었다. 이야기가 감자넝쿨처럼 딸려 나오는 바람에 시간은 도둑맞은 듯 흘렀고 정신을 차렸을 때는 도쿄행 막차가 끊긴 지 한참 후였다.

*

—히터가 고장 나서 전기장판과 석유난로를 갖다놓았어.

사촌이 선아에게 내준 방은 이층에 있는 다다미방이었다.

지금껏 머물렀던 거실과는 달리 실내 공기가 냉랭하긴 했다. 겨울에도 한국만큼 춥지 않은 이곳은 방마다 벽에 부착된 히터로 방을 덥히는 간접 난방 방식이었다. 화장대가 한쪽에 놓여 있는 걸로 미루어 사촌의 여자 친구가 오면 머무는 방인 것 같았다. 선아는 사촌의 한국말이 유창한 것도 어쩌면 그 여자 친구 영향일 수도 있겠다 싶었다. 고장 난 히터를 대신해 문 입구 쪽에는 사촌의 말대로 드라마나 영화에서 소품으로 쓰일 법한 작은 석유난로가 마련돼 있었다.

사촌은 성냥을 챙겨 들고 석유난로 앞에 무릎을 꿇고 앉았다. 성냥개비 하나를 꺼내 내리긋자 칙 소리와 함께 불이 붙었다. 그는 성냥불을 조심스레 심지 쪽으로 옮겨갔다. 일거수 일투족이 손님 접대를 위한 정성스러운 의식처럼 보였다. 성냥불이 원형의 심지에 옮겨 붙자 그는 심지 뚜껑을 덮었다. 일순간 그을음이 피어오르며 석유 냄새가 방 안에 진동했다.

—방 안 공기가 좀 훈훈해지면 끄고 자라고.

불꽃이 파랗게 안정적으로 타오르는 걸 확인하고 나서야 그는 자리에서 일어났다.

공기가 따뜻해지는 것보다 탁해지는 게 먼저일 것 같았지만 선아는 오랜만에 맡아보는 석유 냄새가 싫지 않았다. 낯선 방에 혼자 남게 되자 서울에 올라와 자취방에서 맞던 첫날밤이 생각났다. 엄마는 자취생 살림살이로 비키니옷장과 커다란 거울이 달린 화장대와 석유곤로를 사주었다. 의식주의 기본이 되는 것은 다 갖춰줬다고 생색을 냈지만, 자취생 살림치고는 괴상한 조합이었다. 공부야 학교에서 하면 되지, 라면서 엄마는 선아가 원했던 책상과 의자는 끝내 제외시켰다. 대학생이 되었으니 예쁘게 꾸미고 다니는 게 제일 중요하다며 능력 있는 신랑감 만나는 일이 비싼 유학 생활의 절대 목표임을 일깨웠다. 수완 있는 장사꾼답게 엄마가 밑질 투자를 하는 사람이 아니라는 건 잘 알고 있었지만 딸한테까지 그럴 거라곤 상상도 못한 일이었다. 여섯 자식 중 현실감각이 제일 떨어지는 막내라 어쩔 수 없다며 엄마는 딸의 불평을 일축했다. 부엌도 없는 단칸방이라 석유곤로를 방 안에 두고 써야 했다. 책이 쌓인 화장대와 비키니옷장과 석유곤로가 놓인 방에서 새우처럼 웅크리고 자야 했던, 그럼에도 꿈은 고래처럼 거대했던 스무 살 시절이 석유 냄새와 함께 생생하게 떠올랐다.

네 폭짜리 다다미방은 지난 2주 내내 게스트하우스 벙커형 침대가 주된 잠자리였던 선아에겐 호텔 스위트룸이나 다름없었다. 매캐한 석유 냄새에도 불구하고 가슴이 확 틔는 느낌이었다. 방 안을 찬찬히 둘러보던 선아는 화장대 유리 위쪽 벽에 걸린 사진 액자에서 멈칫했다. 반가운 얼굴이 그녀를 내려다보고 있었던 것이다. 서글서글한 인상의 큰아버지와 애교 넘치는 큰엄마였다. 선아 네가 이 먼 곳까지 웬일이냐, 라는 듯 활짝 웃으며 그녀를 반겼다. 어린 시절 기억에서 부모만큼 이나 빼놓을 수 없는 존재가 그들이었다.

젊은 시절 일본으로 건너갔던 그들 내외가 한국에 다니러 올 때면 막냇동생 집인 선아네에 짐을 풀었다. 노후에는 한국에 들어와 살겠다며 큰아버지는 근처에 깨끗한 한옥 집도 하나 장만해놓았다. 그들의 방문은 아이들에게는 최고의 이벤트였다. 옷차림부터 큰아버지 내외는 선진국에서 온 사람다웠다. 은행원처럼 단정하게 빼입은 양복 차림의 신사였던 큰아버지와 세련된 양장 옷의 큰엄마, 두 분 다 피부도 백인처럼 희었다. 돌이켜보면 선아가 최초로 접한 문화적 충격이 그들의 등장이었다. 그들이 일본에서 가져온 신기한 선물은 물론이고 무엇보다 그들이 오면 집안 분위기가 확 바뀌었다. 상에 오르는 반찬이 달라졌고 엄마 아버지가 다투는 일도 없었다. 그들이 머무는 내내 집안은 풍족하고 평화로웠다.

큰아버지는 무뚝뚝하고 권위적인 선아의 아버지와는 달리 자상하고 격의 없는 어른이었다. 그는 아이들과 함께 같은 상에서 밥을 먹었다. 남편과 장남 밥상을 따로 차리던 엄마는 상을 두 개 차리는 번거로움에서 벗어났고 아이들은 어른 상에만 올라가던 반찬을 맘껏 먹을 수 있었다.

어느 반찬이 제일 먹기 싫으냐? 한번은 큰아버지가 상 앞에 앉은 아이들에게 진지하게 물었다. 막내인 선아와 넷째는 지겹게 올라오던 무말랭이를 동시에 가리켰다. 그러자 큰아버지는 당신 앞에 놓인 계란부침과 장조림을 아이들 쪽에 놓아주고는 무말랭이 보시기를 당신 앞에 갖다 놓았다. 큰아버지가 의견을 물어왔다는 사실 그 자체가 선아에게는 맛있는 반찬이 자기 앞에 놓인 것보다 더 놀라웠다. 어른이 아이들한테 의견을 물어오고, 그것을 인정해준 첫 기억이었다.

가족들과 함께 극장을 간 것도, 외식을 한 것도 처음이었다. 극장이란 학교에서 담임의 인솔하에 단체 관람으로 가는 문화교실이 전부인 줄 알았다. 처음으로 선아는 큰아버지 손을 잡고 언니 오빠와 극장에 갔다. 큰아버지는 영화가 시작되면 십 분도 안 돼 코를 골았지만 끝까지 아이들 옆에서 자리를 지켰다. 영화가 끝나고 극장을 나와서는 중국집에서 자장면 먹는 즐거움도 누릴 수 있었던 풀코스 문화생활 나들이였다. 일본에서 큰아버지 내외가 와서 머무는 동안은 아이들에겐 축제 기간이나 다름없었다. 명절이나 소풍보다 선아는 그날을 더 손꼽아 기다렸다.

일정을 쪼개가며 사촌의 집을 직접 찾은데다 하룻밤 묵어가기까지, 그녀 스스로 생각해도 납득이 어려운 행동의 실마리가 큰아버지 내외를 보면서 풀렸다. 뿌리 깊이 남아 있는 그들에 얽힌 어린 시절 기억이 자신을 이곳으로 이끈 것이다.

—우리 아버지가 그런 분이었다고?

　사촌은 걸음을 멈추며 등산용 스틱을 바꿔 잡았다.

　선아는 그와 함께 산을 오르는 중이었다. 늦잠에서 깨어났더니 사촌은 이미 아침을 준비해놓고 있었다. 선아가 식탁에 앉자마자 사촌은 그날 계획을 브리핑하듯 들려주었다. 아침 식사 후 유명 사찰이 있는 근교 산에서 등산을 하고 난 다음 온천에 가서 피로를 풀고 오자는 제안이었다. 오전에 도쿄로 돌아갈 생각이었던 선아는 예기치 않은 일에 당혹스러웠다. 둘러댈 핑계를 찾는 사이 사촌은 손으로 현관 쪽을 가리켜 보였다. 거기에는 등산용 지팡이를 비롯한 등산 장비들이 가지런히 놓여 있었다. 선택의 여지가 없었다.

　—두 분 다 얼마나 엄하셨는데, 특히 장남인 나한테는 더더욱……

　사촌의 기억은 선아와 너무도 달랐다. 각자 서로 다른 사람 이야기를 하는 것 같았다.

　산은 등산 장비가 필요할 정도로 힘든 코스는 아니었지만 한번씩 급경사가 뜬금없이 나타나곤 했다. 그럴 때면 사촌은 걸음을 멈추고 쉴 자리부터 찾았다.

　—숯을 구워 팔며 살았다고요, 교토 외곽에서?

　은행원 아니면 목사처럼 깨끗한 차이나칼라 셔츠에 양복 차림의 말쑥한 신사가 그런 일을 했다는 사실이 선아는 영 믿기지 않았다.

—잊을 수가 없지. 아버지가 어린 나를 그 뜨거운 가마 앞에 한나절 동안 벌 세워놓았던 일을.

사촌은 끔찍한 기억을 떠올리듯 친부를 회상했다. 공부를 게을리하는 아들을 용납할 수 없었던 아버지…… 이유는 분명해 보였다. 아들에게 숯 굽는 일을 물려주고 싶지 않았던 것이다. 피지배 나라의 국민이었던 가장이 지배국 땅에서 떠올릴 수 있는 출구, 그것이 훗날을 기약할 자식 말고 뭐가 더 있을 수 있었겠는가.

—아버지는 대단한 착각을 했던 거지. 조선인 2세가 화이트칼라가 된다는 건 꿈도 못 꿀 일이었거든. 일본인 학교에 다녔던 내가 현실을 더 잘 파악하고 있었지.

사촌은 부친의 어리석음을 꼬집었다.

원천 봉쇄당한 곳에서, 그럼에도 포기할 수 없는 꿈에 젖어 있던 순진한 부모를 일깨우듯 사촌은 일찌감치 학교를 접고 택시 기사를 업으로 택했다고 했다.

—그러니 국적을 포기할 이유도 없었지. 운짱한테 국적 따위가 뭐 그리 중요하다고. 그걸 바꾸려면 번거로운 것도 한두 가지가 아니거든.

그가 아직도 한국 국적을 갖고 있다는 사실은 의외였다. 농담 혹은 냉소처럼 가볍게 넘기는 그의 말에 깃든 초연함이 선아는 마음에 들었다. '국'자가 들어가는 말이 나오면 으레 진지해지거나 명분을 부여하려드는 그 연배의 한국인들 반응에는 가부장적 권위에 대한 향수가 묻어나는 것 같아서였다.

선아는 사촌보다 자신이 큰아버지 영향을 더 많이 받은 것 같았다. 큰아버지 내외가 대한해협을 건넜던 것처럼 그녀도 어릴 적부터 낯선 나라에 대한 동경이 싹터 있었다. 졸업 후 부모의 만류도 뿌리치고 유학길에 올랐던 것도 그 뿌리 깊은 꿈을 위해서였다. 젊음을 고스란히 바쳐 얻었던 학위는 결국 화려한 스펙에 그치고 말았지만⋯⋯

─무사히 끝낸 등산을 축하해야지.

집으로 돌아오자 사촌은 겨울 산행과 온천욕 후의 필수 코스라도 되듯 테이블 위에 사케를 올려놓았다. 선아가 선물로 사 왔던 것 중 남은 한 병이었다. 놀라운 것은 전날 다 비웠다고 생각했던 작은 병의 일본 소주가 진열장에 다시 채워져 있다는 사실이었다. 그뿐 아니었다. 냉장고에는 안줏거리도 그득 채워져 있었다. 온종일 둘이 같이 움직였던 터라 사촌이 장을 보거나 할 겨를은 없었다. 아마도 선아가 일어나기 전, 아침 일찍 장을 봐다놓은 모양이었다.

─일본 말도 모르면서 어떻게 한 달 여행을 계획했지? 그것도 혼자서.

사촌은 선아의 여행이 신기한 모양이었다.

집 안 곳곳에 놓인 세계 각지의 기념품으로 미루어 사촌도 여행 경험이 적지 않아 보였다. 선아가 그걸 지적하자 그는 자신은 늘 그룹 투어만 따라다녔다고 쑥스럽게 말했다.

―이것만 있으면 문제없어요. 어디를 가든.

선아가 한쪽 탁자에 놓아두었던 노트북과 스마트폰을 들어 보이자 사촌은 더 어리둥절해했다. 크고 작은 가전제품에 둘러싸여 있는 사촌의 집에서 유일하게 없는 게 컴퓨터였다.

―요즘 한국에서는 노인들도 거의 컴퓨터를 다룰 줄 알아요.

노트북을 뚫어지게 들여다보던 사촌은 시선을 선아에게로 옮겼다.

―선희도 이걸 할 줄 아나?

은근하고도 진지한 어조로 그가 물었다. 친구지간이나 다름없는 선아의 맏언니를 은근히 경쟁 상대로 생각하는 듯한 뉘앙스였다.

선아는 언니가 가끔 카톡으로 손자들 사진과 동영상을 보내오던 일을 떠올리며 고개를 끄덕였다.

―글만 알면 누구나 할 수 있어요. 금방 배워요.

선아는 그를 안심시켰다.

사촌은 실버 세대를 위한 컴퓨터 강좌가 오래전부터 이곳 도서관 프로그램에 있긴 했는데 한 번도 그걸 해볼 생각을 안 했다며 자책했다. 그러더니 여행 계획을 어떻게 짜는지 선아에게 물으며 학구열에 가까운 관심을 보였다. 의외로 집요한 그에게 선아는 컴퓨터와 스마트폰으로 일일이 실연을 해보이며 설명해주어야 했다.

그날은 족보 대신 컴퓨터가 밤늦게까지 그들을 붙들어놓

왔다.

—컴퓨터를 하나 살까 하는데, 나 좀 도와주겠어?

다음날 아침 사촌은 그날의 중요한 일정부터 꺼냈다. 더 늦기 전에 컴퓨터를 배워야겠다는 의지가 밤새 확고해진 것 같았다. 선아의 도쿄행은 또다시 미뤄졌다.

—됐어. 이걸로 하지.

전자제품 쇼핑몰에서 한나절 내내 발품을 팔면서 사촌이 결국 선택한 건 선아의 노트북과 똑같은 모델이었다.

사촌의 집으로 다시 돌아오는 길의 거리와 골목은 한산했다. 겨울이라 일찍부터 어스름이 내리고 사람들 발길도 뜸해지기 시작했다. 상가도 일찌감치 문을 닫으면서 휴식의 시간이 빨리 찾아오는 것도 지방 도시의 특징이었다. 선아로서는 그것이 가장 낯선 이국 풍경이었다. 서울에서 이 시간이면 학교 수업을 끝낸 아이들이 보충 수업을 위해 학원으로 다시 몰려들기 시작하는 때다. 그녀의 일이 본격적으로 시작되는 시간이기도 했다. 자정이 가까워야 비로소 일이 끝나는 생활 리듬이 십 년간 계속되었지만 이젠 그것도 과거의 일이 돼버렸다. 일찍 찾아오는 휴식을 낯설어하는 대신 앞으로는 누리고 즐겨야 했다. 이 나라처럼 복지국가도 아닌 나라에서 그게 얼마나 가능할지는 알 수 없지만……

사촌은 집에 돌아오자 컴퓨터는 박스째 현관 앞에 그대로 둔 채 장바구니부터 챙겨 들고 주방으로 향했다. 새 장난감에 집착하다 갑자기 흥미를 잃는 어린아이 같았다. 그는 대형 마트에서 제일 먼저 골라 담았던 술부터 식탁에 올려놓았다.

—안주는 뭘로 하지. 타코야키 좋다 그랬지?

그의 목소리에는 아이들 챙기는 주부처럼 열의와 정성이 담겨 있었다.

선아는 그의 요리가 혼자 사는 이들 특유의 '묻지 마 레시피'라는 걸 잘 알고 있었다. 그의 타코야키는 원래의 것과는 모양부터 달랐다. 밀가루 반죽을 프라이팬에 두르고 속에 문어살과 야채를 넣어 돌돌 말아 메밀전병처럼 만들고는 그 위에 가다랑어포와 김가루를 뿌렸다. 강원도가 고향이었던 큰엄마식 타코야키의 대물림으로 보였다. 생뚱맞은 모양이었지만 선아는 이전에 먹었던 어떤 타코야키보다 맛있다.

삐리리리리—

갑작스런 전화벨 소리였다. 그동안 이 집에서 전화벨이 울린 건 이번이 두번째였다. 처음에는 한국에서 걸려 온, 사촌의 여자 친구 전화였다. 한 달 뒤에 있기로 했던 그녀의 출장 계획이 취소되었다는 연락이었다. 미용사 출신인 그녀는 일년에 몇 차례 미용 관련 시술을 위해 이곳으로 일하러 온다고 했다. 그녀도 나이가 들면서 일거리가 점점 줄고 있다면서 사촌은 걱정을 늘어놓았다. 그를 찾는 일도 줄어들 거라는 현실적 우려이기도 했다. 부부 아닌 친구 관계에서 서로의 노화를 바라보는 심정은 어떨까. 여전히 결혼보다 자유롭고 편한 관계일까. 궁금증이 일었지만 선아는 사촌에게 묻지는 못했다.

이번에는 통화 내내 일본 말이 오가는 걸로 미루어 도쿄에 사는 딸한테서 온 전화 같았다. 매월 세번째 주말이면 어김없이 딸은 어린 아들을 데리고 아버지를 방문하러 온다고 했다. 그동안 딸과 손자 얘기를 수시로 꺼내며 사촌은 그들이 오는 날을 손꼽아 기다려왔던 것이다.

—모시모시.

사촌의 목소리가 갑자기 어린아이 투로 바뀌었다. 전화기가 손자에게로 옮겨간 모양이었다. 무슨 말인지 알 수 없는 통화를 들으며 선아는 자신도 전화기 너머의 그들을 애타게 기다리고 있음을 깨달았다. 그들이야말로 자신을 자유롭게 해줄 해방군이었다. 혼자 사는 이에게 손님이 어떤 존재감을 갖는지 선아는 잘 알고 있었다. 고령의 독거인에게는 더더욱……

—이번 주말에 못 오게 됐다네. 손자 녀석이 영어 보충 레슨을 받아야 한다고 말이지.

맥 빠진 표정으로 자리에 돌아와 앉은 그는 술잔부터 들었다. 실망감은 선아도 사촌 못지않았다. 더욱이 그녀는 외사촌이 들려준 '동조선'이라는 말을 한 번 더 실감하게 되었다. 이곳 대도시의 젊은 부모도 아이들 조기교육에 관심이 많은 건 한국과 다르지 않아 보였다. 사교육 시장도 패션계 못지않게 유행을 탔다. 학원가에서는 학생도 학부모도 선생에 대한 깐깐한 소비자에 지나지 않았다. 소비자는 늘 신상품을 선호하게 마련인지라 그 바닥에서 강사 경력 십 년이면 베스트셀러나 스테디셀러급 반열에 오르지 않는 한 철 지난 재고품 취급일 뿐이다. 복고풍의 유행을 바랄 정도로 선아도 학원의 원장도 어리석지는 않았다. 그것이 이번 여행이 가능했던 결정적 이유였다. 학원 문을 나서는 선아의 눈에 갑자기 북해도의 설경이 탈출구처럼 어른거렸던 것이다.

　—잔이 비었네.

　선아는 사촌의 빈 잔에 다시 사케를 따랐다. 그의 여자 친구와 딸과 어린 손자, 그 셋의 존재감이 술잔에 고스란히 응축돼 담기는 느낌이었다.

　—참, 오늘 스모 결승전 있는 날이지.

　사촌은 중요한 걸 잊고 있었다는 듯 서둘러 텔레비전을 켰다.

　그렇게 둘은 한동안 묵묵히 스모 경기에 빠져들었던 것이다.

*

　―저 엄청난 살집을 어떻게 키우는지 알아?

　사촌이 화면 속 승자를 가리키며 물었다.

　말쑥한 양복 차림의 방송 진행자 옆에 앉아 인터뷰 중인 새 챔피언은 경기 때보다 더 비대해 보였다.

　선아가 고개를 가로젓자 사촌은 스모 선수들이 체중을 늘리는 비법에 대해 들려주었다. 하루에 두 끼 먹는 것이 원칙이라고 했다. 굶주린 상태에서 하는 폭식이 살을 찌우는 데 훨씬 효과적이라는 생체 과학의 비법이 거기에 깃들어 있었다.

　―시합에서 진 챔피언은 어떻게 되나요?

　챔피언 자리를 내놓고 뒤뚱뒤뚱 사라지던 옛 챔피언의 넓은 등을 떠올리며 선아가 물었다.

　―단번에 판가름 나는 스모 경기랑 비슷해. 재기에 성공하지 못하면 금세 잊혀지지. 거기다 여느 운동선수와는 달리 대체로 단명한다더군. 그야말로 굵고 짧게 사는 거지.

　사촌은 말끝에 씁쓸한 미소를 머금었다.

　인터뷰를 마친 새 챔피언은 자리에서 일어나 다시 관중의 환호에 답하고 있었다. 일생일대의 순간을 맞은 젊은 선수의 환희에 찬 얼굴을 카메라는 다시 클로즈업했다. 환호와 박수와 휘파람 소리가 다시 휘몰아쳤다.

　사촌은 텔레비전을 껐다.

일거에 모든 것이 사라졌다.

—한 잔 더 드릴까요?

고요를 깨며 선아가 물었다. 전화 통화의 여파가 가시지 않은 듯 생기가 사라진 그의 얼굴에 주름이 더 깊어 보였다.

—안주 더 만들어줄까?

그가 일어나 조용히 주방 쪽으로 갔다. 도마 위에 문어 다리 하나를 올려놓고 썰기 시작했다. 연한 장밋빛 외피의 문어가 칼끝에서 하얀 속살을 드러내며 도마 위에 비스듬히 누웠다. 선아는 자신이 「심야식당」의 등장인물이라도 된 기분이었다.

어느새 완성된 안주가 그녀 앞에 놓였다.

—한 병 더 딸까요?

정갈한 안주 앞에 예를 갖추듯 그녀가 말했다.

—사케는 이게 마지막일걸.

그가 진열장을 흘끗 보며 말했다.

장미목 원목으로 만들어진 진열장에는 사케 대신 소주병만 들어 있었다. 사촌은 술을 사 오겠다며 자리에서 일어났다.

—제가 갔다 올게요.

선아가 일어서며 말했다.

—숙녀는 이 시간에 바깥출입을 하는 게 아니지. 집이나 잘 지키고 있으라고.

사촌은 기어이 선아를 주저앉히고 자신이 나섰다.

현관문을 나선 그는 습관처럼 밖에서 문을 잠갔다. 평온해 보이는 동네에 살면서도 외출 때마다 그는 문단속을 철저히 했다. 국적을 불문하고 노인들이 집착하는 대표적인 노파심, 그것이 전기 절약과 문단속 두 가지 아닐까, 선아는 자신의 부모와 조부모를 떠올리며 생각했다.

빈집의 새 주인이라도 된 듯 선아는 일층 거실을 한 바퀴 휘 둘러보고는 이층으로 향하는 계단에 발을 올려놓았다. 삐걱거리는 나무 계단을 밟고 오르내리는 것도 다다미방 바닥을 디디는 것도 느낌이 좋았다. 그녀는 다다미 감촉을 느끼며 한참을 방 안을 맴돌다 창문을 열고 밖을 내다보았다. 어둠이 내린 골목길에 간간이 가로등이 불을 밝히고 있었다. 옛 고향 같기도 하고 이국의 풍경 같기도 한 골목길을 선아는 멀거니 바라보았다. 이런 낯선 땅에 정착해 여생을 보내는 건 어떨까? 새로운 삶을 떠올려보지만 그건 다시 돌아갈 한국을 떠올리는 것만큼이나 막막한 일이었다. 가족을 이끌고 대한해협을 건너거나 가족의 만류를 뿌리치고 유학길에 오르는 것도 삶의 특정한 시기에만 의미 있고 가능한 일로 보였다.

금방 돌아오겠다던 사촌은 좀체 소식이 없었다. 늦은 시간에 열려 있는 가게를 찾기는 쉽지 않을 터였다. 동네 가게를 찾아 헤매다 포기하고 역 근처 쇼핑몰까지 갔을 수도 있었다. 주택가와는 달리 멀리 역 주변 빌딩들은 여전히 휘황한 불빛을 내뿜고 있었다.

어두운 하늘에 희끗희끗한 뭔가가 비쳤다. 눈이었다. 그새 눈발이 날리기 시작한 것이다. 골목 가로등 불빛 아래로 오월의 꽃씨처럼 눈발이 흩날렸다. 눈 덮인 북해도가 아른거렸다. 오키나와에서 북해도까지! 긴 열도를 다 밟아보겠다며 야심차게 나선 여행이었다. 그녀의 진정한 목적지는 사실 북해도였다. 일본 열도의 맨 끝, 그곳이 왠지 터닝 포인트가 될 것 같았다. 그곳을 찍고 나면 다시 시작할 용기가 생길 것 같기도 했다.

선아의 눈길이 자신의 가방으로 옮겨갔다. 그것이 사흘 이상 제자리에 놓여 있었던 적은 한 번도 없었다. 어쩌면 이 집이 북해도를 대신할지도 모른다는 생각이 들자 그녀는 갑자기 조급해졌다. 여기서 주저앉을 수는 없었다. 혼자 사는 이의 심리를 그녀는 누구보다 잘 알고 있었다. 처음에는 한지붕 아래 있게 된 누군가의 존재에 극도로 불편해하다가 임계점을 넘어서면서부터는 일종의 분리 불안증이 생기기 시작한다는 걸…… 시계를 보니 아직 도쿄행 전철이 다니고 있을 시간이었다. 선아는 서둘러 가방을 챙겼다.

너무 허둥댔나? 웬일인지 현관문 손잡이가 꿈쩍도 하지 않았다. 선아는 마음을 가라앉히고 잠금장치를 자세히 살펴보았다. 이중 장치였다. 보조 장치부터 풀고 다시 손잡이를 돌렸다. 마찬가지였다. 일본식 현관문에 익숙지 않아서일 거라고 생각하며 선아는 다시 찬찬히 순서대로 해보았다. 아래쪽

손잡이용 개폐기부터 연 다음, 위쪽 보조 장치를 풀고 손잡이를 돌렸다. 여전히 꼼짝도 하지 않았다. 밖에서 잠갔다 하더라도 안에서는 열려야 하는 것 아닌가. 다시 반대로 모든 경우의 수를 따져가며 천천히 해보았지만 허사였다. 어쩌면 이 문의 잠금장치는 밖에서만 열 수 있게 된 특수 장치일지도 모른다는 생각이 들자 그녀는 자르르 소름이 끼쳤다.

그동안 사촌의 태도와 행동이 파노라마처럼 스쳤다. 곰곰 되짚어보니 지금껏 단 한 번도 그는 선아의 의견을 먼저 물은 적이 없었다. 모든 것은 그의 의도와 계획에 따라 차분히 관철되었다. 꼼꼼하고 세심하다고 생각했던 그의 접대가 손님의 체류를 연장시키기 위한 의도는 아니었을까. 족보도 등산도 컴퓨터도 어쩌면 딸의 전화까지…… 일련의 일들이 그가 짜놓은 시나리오일지도 모른다는 생각이 들었다. 아마도 내일이면 사촌은 방치해둔 컴퓨터 박스 포장을 풀고 선아에게 도움을 요청해올 것이고 한동안은 그것이 그녀를 붙들어두는 명분이 될 것이다. 그녀가 남의 청을 거절 못하는 성격이라는 것 정도는 그도 이미 파악했을 터였다.

현관문 손잡이는 여전히 꿈쩍도 하지 않았다. 손에서 시작된 무력감이 가슴 깊숙이 파고들었다. 선아는 현관문 손잡이에서 손을 뗐다. 주인의 허락 없이는 이 집에서 한 발짝도 나갈 수 없어 보였다. 그녀는 여행 가방을 내려놓고 거실 쪽으로 다시 몸을 돌렸다. 홋카이도의 설경 대신 비워두고 온 자신의 아파트가 어른거렸다. 그것은 다시 이층 다다미방으로, 거기서 다시 거실 풍경으로 바뀌어갔다.

마음을 가라앉히고 선아는 눈앞의 광경을 응시했다. 텔레비전 옆에는 컴퓨터 박스가 아니라 진분홍 석유난로가 푸른 불꽃을 피워 올리고 있었다. 식탁에는 큰아버지 내외가 나란히 앉아 선아에게 손짓했다. 서두르지 말고 일단 이곳에 와 앉으라고. 여행은 꼭 목적지만 터닝 포인트가 되는 것은 아니라며……

선아는 원래의 자리로 천천히 걸음을 옮겼다. 타코야키 접시에서 김이 오르고 있었다. 큰아버지 큰엄마와 나란히 식탁에 앉아 그녀는 사촌을 기다리기로 했다. 사케 병을 품에 안고 눈 내리는 골목을 돌아 집으로 오고 있을 그를.

그녀의 동조선 여행의 하루는 또 그렇게 흘러가고 있었다.

복구

느닷없는 굉음에 잠을 깼다. 지붕이나 건물 벽체가 무너져 내리는 듯한 소리가 단속적으로 서너 차례 이어졌다. 언뜻 터미네이터 또는 킹콩의 출현이 뇌리를 스쳤다. 분노에 사로잡힌 거대한 몸집의 괴한 혹은 괴물이 지붕 위로 뛰어내려 다락방과 벽체를 무너뜨리고 성큼 내 집 거실로 침입해 들어온 것 같았다. 잠기운에 한껏 부풀려진 공포가 가라앉으면서 좀더 현실성 있는 생각이 비집고 들었다. 사이버 범죄가 대세인 시대에 아무리 무지막지한 괴한이라 할지라도 머저리가 아닌한 이렇듯 자신의 존재를 만천하에 드러내며 침입할 리는 없었다. 지은 지 십 년도 안 된 대형건설사 삼층 빌라 건물이 갑자기 무너질 리도 없고, 바닥이 흔들리거나 요동친 느낌이 없었으니 지진은 더더욱 아니고, 그렇다면 기체 결함으로 인한 비행기의 추락……? 공항 근처로 이사 왔다는 자각과 함께 보다 현실성 있는 추측이 나오긴 했으나 그 또한 추측일 뿐이었다. 숨을 죽인 채 귀를 기울였으나 더는 아무런 충격음도 기척도 없었다. 갑작스런 굉음이 불러온 후폭풍 같은 고요가 독가스처럼 집안에 깔렸다. 무색무취의 그것이 호흡기를 파고들어 서서히 몸속으로 번져가듯 무기력증이 몰려왔다. 이사하고 한 달 남짓, 정리도 마무리되고 새집에 막 적응해갈 때였다. 점점 가라앉는 몸을 간신히 추슬러 일어났다. 두려움 반 호기심 반으로 걸음을 거실로 옮겨놓았다. 벽을 더듬거려 한참 만에야 전등 스위치를 찾을 수 있었다. 딸깍, 소리와 함께 쏟아진 빛이 정체불명의 괴한에 관한 의문을 풀어주었다.

범인은 바로, 거실 책장! 바닥부터 천장까지 거실 한쪽 벽면을 오롯이 차지하고 있던 8단짜리 책꽂이형 책장이 무너져 내린 것이다. 3미터 길이의 나무판자 8개와 조립식 벽돌 5백 장으로 이루어진, 내 손으로 직접 쌓아 만든 책꽂이였다. 꽂혀 있던 천여 권의 책과 CD 앨범, 비디오테이프와 카세트테이프, 널빤지, PVC 벽돌이 쏟아져 내려 소파와 거실 바닥 여기저기 나뒹굴고 있었다. 쓰나미가 휩쓸고 간 현장 같았다. 책장 건너편 벽 쪽에 있던 작은 탁자 위의 유리와 화병도 깨져 있었다. 다행히 화병의 물이 말라 있었던지 책이나 바닥을 적시지는 않았다. 옥수수수염처럼 가느다란 잔뿌리를 가진 청죽들이 거꾸로 처박혀 뿌리가 허공을 향해 괴기스럽게 뻗쳐 있었다.

지난 십 년간, 책꽂이는 이사 때마다 집의 조건에 맞게 새로 구축되었지만 문제를 일으킨 적은 한 번도 없었다. 네번째인 이번 이사에서도 마찬가지였다. 누군가의 장난 같았다. 그렇지 않고서야 지난 한 달간 반듯하게 자리를 지키고 있던 그것이 이렇듯 한순간에 무너질 리 없었다. 주위를 둘러보지만 아무리 살펴봐도 외부로부터의 침입 흔적 같은 건 보이지 않았다.

다각다각. 벽시계에 우연히 눈길이 갔다. 새벽 3시 정각. 시침과 분침이 정확히 90도 각을 이루고 있고 그 사이를 초침 바늘이 옮겨가고 있었다. 한 땀 한 땀 소리의 바늘땀이 허공에 수 놓이듯 또렷하고 규칙적인 소리와 함께 바늘은 서서히 각을 벌려갔다. 직각이 마침내 수평을 이루더니 다시 각을 좁혀 직각을 이루었다. 속수무책인 현실 앞에서 나는 몸을 돌렸다. 끈질기게 달라붙는 시계 소리를 떨쳐내며 방으로 되돌아왔다. 이불을 파고들었다. 꿈이었으면 싶었다. 아니 꿈이어야 했다. 잠을 다시 청했지만 의식은 더 맑아져 쓰나미 현장만 생생하게 떠올랐다. 허공에 거꾸로 솟아 있던 청죽의 미세한 잔뿌리가 선명하게 되살아나고 다각다각 초침 소리가 카운트다운이라도 하듯 귓전에 맴돌았다. 수평 맞추기에 오차가 있었던 걸까. 나비효과처럼 미세한 차이가 쌓이고 쌓여 한 달 만에 그 한계점에 이른 것일까……?

이사 때마다 치러야 하는 가장 큰 일이 책꽂이 만드는 일이었다. 받침대 역할을 하는 나무판자를 샤워 분무기로 씻어 그늘에 말리고, 극세사 걸레를 백 번 이상 빨아가면서 2, 3천 권의 책과 벽돌 블록의 먼지까지 일일이 닦아내어 묵은 때를 말끔히 없앴다. 그런 다음에야 구축 작업에 들어갔다. 조립식 PVC 벽돌과 나무판자가 완전히 수평을 이루도록 정확하게 간격을 맞추어 쌓으면서 중간중간 책을 분류해 꽂아 넣어야 했다. 간간이 책을 들춰보면서 버릴 것과 남길 것에 대한 선별 작업까지 하다보면 시간은 도둑맞은 듯 가버린다. 일주일이 부족할 때도 있었다. 품 들인 만큼 보람도 있었다. 직접 만든 책장인가 보죠? 집을 찾는 손님들은 예외 없이 책꽂이에 관심을 보였다. 거기에 들인 손품과 정성을 낱낱이 지켜보기라도 한 듯.

이사 때마다 책꽂이 해체와 조립은 통과의례나 다름없었다. 옛집과의 결별에 이어 새집에 대한 성실한 신고식인 그 일만큼은 남의 손을 빌릴 수도 없었다. 목수가 직접 자기 집을 손보는 격이랄까. 이번 이사에서도 일주일간 잠을 설쳐가면서 새로 구축해놓았건만 어이없게도 한 달 만에 무너져 내린 것이다. 낱낱의 작업 과정이 떠오르자 등골이 서늘했다. 시계 소리만 밤새 신경을 긁어댔다.

아인슈타인이 활짝 웃으며 나를 올려다보고 있다. 잿빛 콧수염에 하얀 곱슬머리가 사방으로 뻗쳐 있고 웃음에 밀린 골 깊은 주름이 얼굴 가득 난무한다. 분방하게 피어오른 주름 위로 그의 정체성을 나타내주듯 신비의 수식이 떠다닌다. $E=mc^2$. 장난기 가득한 표정의 노 과학자 옆에는 우수 어린 눈빛의 젊은 예술가가 있다. 쫑긋한 귀, 짙은 눈썹에 퀭할 정도로 깊고 검은 눈이 날카롭게 반짝인다. 책등에 이어지는 앞쪽 표지에 '소송'이라는 빨간 고딕체 제목이 찍혀 있고 바로 밑에 그의 이름이 있다. 프란츠 카프카. 자신이 소송 사건에 왜 휘말렸는지 알지 못하는 소설 속 주인공처럼 작가 역시 일찍 비극으로 생을 마감한, 그럼에도 빼어난 작품을 여럿 남기고 떠난 천재 작가. 『아인슈타인도 몰랐던 과학 이야기』의 아인슈타인과 『소송』의 카프카 사이에 왼발을 내려놓는다. 굳은살투성이 발이 노년의 과학자와 젊은 예술가 사이에 떡하니 놓인다. 엄지발가락이 유난히 짧아 발끝이 뭉툭한 것이 도드라져 보인다. 다음 발 디딜 곳을 찾는다. 1, 2권이 빠진 『토지』와 대학 시절 필독서였던 『광장』 사이의 틈이 눈에 들어온다. 책 제목이 무색하도록 『토지』와 『광장』 사이에는 발 하나 비집고 들 간격만 겨우 있다. 다음 자리를 찾지만 포개져 있는 책들과 벽돌로 발 디딜 틈이 없다. 하는 수 없이 묵직한 『표준국어대사전』 위에 발을 올려놓는다. 3천 쪽이 넘는 두툼한 책이 징검다리의 디딤돌 같다. 한때는 책상 위에 두고 수시로 들춰보느라 하드커버가 너덜거릴 정도였던 그것도 언젠가부터 장서용으로 물러났다. 주변에는 『삼국지』와 『로마인 이야기』가 어지럽게 뒤섞여 있다. 이들 책에 나와 있는 전쟁은 모두 몇 번이나 될까? 널브러진 책들이 역사의 급변하는 소용돌이를 방불케 한다. 전쟁터에 나뒹구는 주검들 같기도 하다. 쫓기듯 다음 디딜 곳을 찾는다. 칼 세이건의 『코스모스』 양장본. 모래알 같은 숱한 별들 사이에 그가 '창백한 푸른 점'으로 표현했던 지구도 끼여 있을 것이다. 흩뿌려져 있는 모래알로 그득한 우주 공간에 오른발을 올려놓는다. 최초로 달에 발을 디뎠던 우주비행사의 첫걸음과 그가 했던 말이 귓전에 생생하다. 이 걸음은 한 인간으로는 작은 발걸음에 불과하지만 인류 전체로 보면 거대한 도약의…… 그의 걸음이 인류의 미래를 향해 내디딘 것이었다면 나는 인류의 묵은 시간의 퇴적층을 걷는 셈인가. 무중력의 공간에서 가벼웠던 그의 걸음과 달리 내 걸음은 징검다리 위를 걷듯 조심스럽고 위태롭다. 아니나 다를까, 잘못 밟은 표지 비닐로 몸이 휘청한다. 깨진 벽돌과 판자가 군데군데 흉기처럼 널려 있는 바닥으로 곤두박질칠 뻔한 몸을 간신히 추슬러 바로잡는다. 식은땀이 난다. 스스로의 순발력에 감탄하며 주위를 살펴보니 속수무책으로 나뒹굴고 있는 책과 책꽂이 잔해가 눈에 선하다. 역사 속으로 사라져간 위대한 저술가들과 현존하는 작가들, 그리고 그들의 저술이 목록으로 펼쳐진다. 한 개인의 노작 또는 인류의 유산과 역동적인 역사로 이루어진, 아득한 영욕의 시간을 지나온 것 같다. 마침내 이른 곳은 욕실 앞. 안방에서 거실을 지나 욕실까지 오는 데 지구 몇 바퀴는 돈 느낌이다. 지친 걸음이 욕실로 빨려들 듯 들어선다.

욕조의 더운물에 몸을 푹 담그니 몸이 흐물흐물 녹아드는 느낌이다. 다리를 뻗고 몸을 한껏 늘이며 상체를 뒤로 젖힌다. 욕조 위쪽 선반에 놓인 시집들이 눈에 들어온다. 변기에 앉을 때나 욕조에 들어앉아 있을 때 습관처럼 펼쳐 들었던 것들…… 하지만 책의 소용돌이를 헤치고 온 지금은 그마저 내키지 않는다. 나른하게 감싸오는 온기에 몸을 맡기고 쏟아져 내리는 물소리나 들을 뿐이다. 부연 수증기 속에 벽면 타일과 은빛 수도꼭지, 유리 거울과 실버 프레임, 비누와 칫솔의 윤곽도 흐릿해온다. 욕실 밖 광경도 가물가물하다. 거실 마루에 속수무책으로 나뒹구는 책과 벽돌과 판자 들, 그것들을 다시 일으켜 세워야 한다는, 생각만으로 아찔한 일도 꾸고 난 꿈처럼 아련하다. 그 쓰나미 현장에 다시 발을 들여놓느니 이 욕실에 유폐되는 게 차라리 낫겠다. 문밖 광경을 떠올리자 욕실은 더없이 평화롭다.

정수리 위로 차가운 뭔가가 툭 떨어지는 낌새에 놀라 깨어난다. 선반의 책이 떨어져 머리에 꽂히는 줄 알았다. 정신을 차리고 보니 그건 책이 아니라 욕실 천장에 맺혀 있던 물방울이었다. 욕조의 물은 여전히 흘러넘치고 수증기로 부옇게 흐려진 욕실은 아무것도 알아볼 수 없다. 선반 위의 책도 보이지 않는다. 그것들이 쏟아져 내릴지도 모른다는 생각에 황급히 욕조를 벗어난다.

*

전시실에는 아무도 없었다. 입구의 안내데스크도 비어 있었다. 할로겐 조명이 차분하게 밝히고 있는 실내는 조용했다. 전시 작품이 아니라 고요 그 자체를 조명하고 있는 느낌이었다. 작품과 흡사한 고요를 깨기라도 할세라 걸음에 이어 숨소리마저 조심스러워졌다.

—웬일이야, 식전 댓바람부터?

갑작스런 목소리에 놀라 몸을 돌렸다.

안내데스크 뒤쪽 구석에 놓인 소파 등받이 위로 사람 얼굴이 보였다. 한영이었다. 너야말로 웬일? 하는 표정으로 그를 쳐다보면서 놀란 가슴을 진정시켰다.

—작가는 오프닝 때나 전시회장에 나타나는 거 아냐?

타고난 야행성 체질인 그를 이 시간에 맞닥뜨릴 줄은 몰랐다.

—모처럼 일광욕도 할 겸 오전 당번을 자청했지.

대답 끝에 한영은 길게 하품을 했다.

—오프닝 때도 못 와보고 해서 마침 지나는 길에 한번 들러봤어.

내가 대충 둘러댔다. 딱히 갈 곳도 없던 차에 한영의 전시회 생각이 났던 것이다. 집을 나와 제일 먼저 떠올린 건 사실 조조영화 관람이었다. 복합상영관부터 찾았으나 매표소로 향하는 엘리베이터 안에서 생각이 바뀌었다. 빈 좌석 사이에 썰렁하게 앉아 있을 내 모습이 괴기 영화의 한 장면처럼 떠올랐던 것이다. 거기다 엘리베이터에 동승한 젊은 커플도 영향을 미쳤다. 왠지 훼방꾼이라도 된 듯 미안한 생각이 들었던 것이다. 영화관을 포기하고 생각해낸 건 도심 속 공원이었다. 습관적으로 파고다공원 정문까지 갔지만 막상 안으로 들어서려니 또 망설여졌다. 한때 카메라를 들고 수시로 기웃거리며 공원의 노년들 모습을 담아내려 했던 일마저 촌스럽고 외람되게 느껴졌다. 발길은 그곳을 지나쳐 평소 익숙한 북촌 골목길로 접어들었다. DSLR 카메라를 든 잡지사 사진기자처럼 보이는 남자와 관광객 몇몇이 눈에 띌 뿐 평일 아침의 북촌 길은 한산했다. 화랑 골목은 더더욱 발길이 드물었고 아직 문이 열리지 않은 곳도 많았다. 이리저리 기웃거리다 한영의 작품전이 열리는 화랑에 닿았다. 다행히 전시는 진행 중이었고 문도 열려 있었다.

한영은 설치미술가였다. 귀국 후 지금껏 이주노동자 문제를 다룬 전시를 주로 해왔다. 파리 유학 시절 생활비 마련을 위해 이주노동자처럼 살아야 했던 자신의 체험이 일찌감치 작품 주제로 자리 잡았던 것이다. 전시실 내부는 처음 들어설 때의 느낌과는 사뭇 달랐다. 아담하고 모던한 분위기의 전시실 한가운데 커다란 세탁용 고무 함지가 생경스럽게 자리 잡고 그걸 중심으로 곳곳에 설치 작품이 놓였다. 한쪽 벽면에 설치된 스크린에는 고무 함지 속 장면이 펼쳐졌다. 물속에 잠긴 빨랫감과 비누 거품이 조명과 카메라를 통하자 의외의 장면을 연출해냈다. 황혼 무렵 사막의 모래 둔덕과 그 둔덕이 서서히 스러져가는 풍경 같았다. 신기했다. 다른 쪽에는 국적불명의 제단이 몇 층의 단을 이루며 차려져 있었다. 유불선 3교에 이슬람교와 힌두교 색채까지 풍겼지만 종교라기보단 무속신앙에 가까워 보였다. 제단에 피워놓은 향 냄새 사이로 쾨쾨한 냄새가 언뜻언뜻 묻어났다. 냄새의 출처는 전시실 구석 쪽, 낡은 수건이 잔뜩 걸려 있는 빨래 건조대였다. 그것 역시 전시작의 하나로 이주노동자들이 현장에서 일하면서 흘린 땀을 닦았던 수건들이었다.

─무슨 전시회가 매번 공사장 드나드는 기분이냐. 오늘은 공장 기숙사 급습해 들여다본 것 같네. 그것도 사내들 전용 기숙사.

내가 보고 난 소감을 신랄하게 털어놓았다.

─너처럼 현대미술에 대놓고 무지한 대중한테 내 생각이 먹혀든 걸 보니 이번 전시는 대성공이다.

한영은 여유 있게 받아치고는 다시 소파에 몸을 묻었다. 나는 작품들 사이를 이리저리 오가며 시간을 보냈다. 향냄새와 퀴퀴한 고린내가 씨줄과 날줄처럼 교차하는 공기 속으로 한영의 코 고는 소리가 섞여들었다. 밤새 작업하고 늦게 잠자리에 든 창작자의 노고와 휴식을 일깨우는 그 소리 역시 작품의 일부 같았다. 심지어는 작품 사이를 오가는 나마저 전시의 한 부분으로 느껴지면서 녀석의 전시가 이런 효과까지 정말 고려한 것일까, 의문이 들기도 했다.

오전 내내 전시실을 찾는 사람은 없었다. 정오를 넘어서자 문이 비긋이 열리며 처음으로 누군가 들어섰다. 숏컷 머리에 초미니스커트 차림의 이십대 여자였다. 화랑가 골목보다는 쇼핑몰 매장에서 더 잘 마주칠 것 같은 그녀는 혼자임에도 의외로 자연스러운 태도였다. 처음 찾는 관람객이라면 실내 공사 중인 것처럼 보이는 전시실 분위기에 일단은 주춤할 것 같았지만 그녀는 나와 눈이 마주치자 미소까지 지어 보였다. 알고 보니 관람객이 아니라 한영과 교대할 전시실 자원봉사자였다. 화려하고 발랄한 외양의 그녀가 안내데스크에 앉자 칙칙한 전시실 분위기와 대조를 이루며 존재감이 살아나는 것이, 그녀 역시 작품의 일부로 손색이 없어 보였다.

—밥이나 먹으러 가자.

한영은 기다렸다는 듯 나를 밖으로 이끌었다. 우리는 근처 단골 밥집에 자리를 잡았다. 훤한 대낮에 돌아다니고 있으니 적응이 잘 안 된다면서 그는 소주도 같이 시켰다.

—무슨 고민거리라도 있어?

첫 잔을 따라주며 한영이 물었다.

—반백수야 삶의 절반이 고민거리지. 방학이면 완전 백수라 고민거리도 배로 늘어날 수밖에.

만년 시간강사인 내 처지를 앞세우며 둘러댔다.

—그래도 넌 투잡이잖아.

웬 엄살이냐는 듯 한영이 한마디 했다.

학교 강의 외에 내가 지금껏 선배 출판사 기획자로 일해온 걸 말한 것이었다. 선배의 필요였는지 벌이 시원찮은 후배를 위한 배려인지 헷갈렸지만 맨 처음 그의 제안을 나는 덥석 받아들였다. 다행히 내가 기획한 책 몇 권이 히트하면서 나름 입지를 굳힐 수 있었다. 기획자로 받는 고정 수입은 많지는 않아도 지난 십 년간 불안정한 시간강사 생활에 훌륭한 버팀목이 돼주었다.

—투잡 벗어난 기념으로 한잔하자.

2차로 옮겨간 자리에서 내가 먼저 잔을 들었다. 스테디셀러 몇 권으로 그럭저럭 버텨왔던 선배 출판사도 사양 산업의 거센 조류에 휩쓸려 좌초 직전이었다. 침몰 중인 배에 나까지 하중을 보탤 수는 없었다.

—그래서 이사 간 거냐?

한영이 조심스럽게 물었다. 이 년 단위로 이사를 다니긴 했지만 서울을 벗어난 건 처음이었다.

—내가 서울을 고집할 이유가 뭐가 있냐.

내 대꾸에 한영은 코웃음 쳤다. 그는 빈민촌에 살더라도 예술가는 파리에 살아야 한다는 소신을 갖고 있었다. 물적 토대와 상관없이 긴장과 활기가 있는 대도시에 있어야 정신과 감각이 무뎌지지 않는다는, 된장녀 생각과 비슷한 논리를 갖고 있었다.

—대신 집은 넓어졌어. 너도 알다시피 난 책 때문에라도 넓은 거실이 필요하잖아.

찌뿌둥한 기운을 느끼며 깨어났다. 눈을 뜨니 책상으로 쓰는 테이블 상판 아래쪽 나무판이 눈에 들어왔다. 내 머리가 책상 밑에 들어가 있었던 것이다. 이불도 베개도 없이 방바닥에 그대로 뻗은 채였다. 벗어 던진 옷들이 바닥에 어지럽게 흩어져 뒹굴고 양말 한 짝은 휴지통에, 한 짝은 그대로 신은 채였다. 어떻게 집으로 왔는지 기억에 없었다. 낮술이 이어져 한영과 둘이 북촌과 서촌을 넘나들며 밤늦게까지 술집을 전전했던 기억이 났다. 서촌인지 북촌인지 알 수 없는 어느 편의점 테이블에 앉아 캔맥주를 땄던 기억이 마지막으로 남았다. 그 뒤로는 아무 기억도 없었다. 두통과 쓰린 속을 안은 채 간신히 몸을 일으켰다.

방문을 여는 순간, 잊고 있었던 현실이 성큼 다가섰다. 어지러운 방 안과는 비교도 되지 않는 쓰나미 현장에 정신이 번쩍 들었다. 전날의 행적이 모두 이 눈앞의 현실을 피하기 위한 것이었음을 일깨우며 현실이 적나라하게 펼쳐져 있었다. 그걸 자각하고 받아들이듯 다시 거실을 찬찬히 둘러보았다. 현관에서 큰방으로 오는 길에 쏟아져 있는 책이 놀랍게도 처음 그대로였다. 한 치의 변화도 없었다. 펼쳐진 채 엎어져 있는 『시학』에서 『유토피아』를 지나 『한국인의 욕설백과』와 『슬픈 열대』를 거쳐 『죽기 전에 꼭 가봐야 할 세계의 전통시장 100』에 이르는 순서도, 책들 간 간격도 처음과 똑같았다. 중간 지점의 벽돌블록에 아슬아슬하게 기댄 채 서 있는 마루야마 겐지의 『물의 가족』까지 그대로였다. 십 년 만에 고향을 찾았더니 고향집 지붕 안테나의 기울어진 각도까지 예전과 똑같더라는 책 속의 한 구절을 실감나게 하는 광경이었다. 만취 상태에서 대체 어떻게 이 바닥의 책들을 하나도 건드리지 않고 지날 수 있었을까? 현관에서 거실을 건너뛰어 바로 큰방에 들어갔거나, 아니면 베란다 창을 통해 들어갔거나, 두 경우가 아니라면 가능치 않은 일이었다. 혹시 꿈은 아닐까? 아무리 눈을 비비고 주위를 살펴보고 상상을 동원해도 수수께끼는 풀리지 않았다.

아인슈타인이 오늘도 환하게 나를 반겼다. 카프카는 여전히 예민하고 진지한 눈빛이었다. 카프카가 이 노년의 과학자

만큼 살았다면 더 많은 걸작을 남겼을까? 아니 걸작은 접어두고 저 예민하고 날카로운 눈빛이 늙어 주름이 생기면 어떤 인상으로 바뀔까? 부질없는 의문이라는 걸 알면서도『소송』과『아인슈타인도 몰랐던 과학 이야기』사이에 놓인 발을 뗄 때까지 궁금증이 가시지 않았다. 다음 걸음은 폐암으로 세상을 떠난, 그럼에도 평생 즐겨온 담배를 끝까지 손에서 놓지 않았던 작가의 작품『토지』와『광장』사이의 좁은 틈을 딛고, 모든 길은 결국 그곳으로 통한다는 로마를 배경으로 한『로마인 이야기』에 이르렀다.『로마인 이야기』의 저자도 골초가 아니었을까? 대하소설이나 긴 호흡의 책을 집필하는 사람들은 왠지 작업 내내 줄담배일 것만 같았다. 긴 시간 지적 노동을 감당케 하는 중독성 강한 기호품으로 담배만 한 건 없어 보였다. 날카롭고 예민하게 곤두선 신경을 부연 연기로 한 번씩 흐려놓아야 지속적인 작업이 가능하지 않을까.

다음은 안정감이 느껴지는 두툼한『국어대사전』. 표지가 너덜거릴 정도로 들춰보다가 디딤돌로 쓰기까지 하니 본전을 뽑을 대로 뽑은 셈이었다. 아낌없이 주는 나무의 순정한 운명을 발바닥으로 느끼며 마지막 디딤돌로 옮겨갔다.『코스모스』. 사십오억 년 우주의 역사에서 기껏 이천 년의 문화를 가진 인간들이 자신이 우주의 중심인 양 자만하는 데 일침을 가하던, 그리고 우주의 생존은 인간의 업적이 아닌 만큼 우리는 인류를 여기 있게 한 코스모스에 감사해야 하며 종으로서의 인류를 사랑해야 한다는 가르침이 담겨 있는 책이다. 대중적 과학 저술가이자 매스컴을 많이 탔던 그가 생존 당시에는 순수 학문을 했던 아인슈타인보다 부와 명성을 더 많이 누리지 않았을까? 백 년을 기준으로 한다면 베스트셀러와 스테디셀러는 어떤 게 더 많이 팔릴까? 그나저나 한영은 별 탈 없이 귀가했을까? 그와 만나는 날은 예외 없이 과음이었다. 술 앞에서라면 기꺼이 두주불사가 되는 대책 없는 성향도, 그걸 가능케 하는 자유로운 직업도, 그 당연한 결과인 독거 생활까지 나와 한영은 공통점이 많았다.

뒤죽박죽 두서없는 생각 끝에 드디어 욕실이다. 눈길이 반사적으로 욕조 위 선반으로 갔다. 손을 뻗어 선반의 책을 집어들면서 욕실에 책이 어울리나, 하는 생각을 처음으로 했다. 화장실로 향할 때 휴지보다 책을 먼저 집어들던 습관은 언제부터 시작되었을까? 큰형이 초등학교 들어가면서 만화책이 집 안에 뒹굴기 시작했으니 아마도 예닐곱 살 때부터였을 것이다. 시원한 욕실 안에 숨어들어 대야에 만화책을 담아둔 채 타일 바닥을 뒹굴며 읽곤 했다. 친구들과 뛰노는 것보다 혼자 틀어박히길 좋아하는 성정도 그때부터 싹텄을 것이다. 거울 진열장을 열어 타월이 쌓여 있는 칸 한쪽 옆에 시집을 놓았다. 십여 권의 시집이 타월 옆자리에 차곡차곡 쌓였다. 『마음 사전』 위에 『길 위에서 묻는 길』, 그 위에 『우리는 매일매일』, 그 위에 『마징가계보학』…… 시집이 있어야 할 자리는 이런

보송보송한 타월 옆이, 그리고 이왕이면 뉘어놓는 것이 제격으로 보였다. 예술과 일상이 마구 헛갈리는 것, 그게 내 작업의 포인트야. 한영이 곧잘 하던 말을 실감하며 진열장 문을 닫았다. 욕실도 이제 책의 위협은 사라졌다.

탑이 하늘을 찌를 듯 솟아 있다. 바닥에서부터 빈틈없이 쌓아올린, 책으로 만든 거대한 바벨탑이다. 사람들의 환호와 갈채가 허공을 가른다. 하늘을 위협할 기세다. 번쩍 번개 같은 섬광이 인다. 흥분의 도가니가 순식간에 얼어붙는다. 탑이 휘청하더니 책들이 허물어져 내리기 시작한다. 인간의 지적 오만에 대한 하늘의 심판일까? 쏟아져 내리는 책들을 피해 다들 허둥지둥 흩어진다. 책들의 낙하 속도가 사람의 발길을 앞질러 덮친다. 책 위에 책이, 그 위에 또 다른 책이 떨어져 거대한 봉분처럼 쌓인다. 여기저기서 비명과 절규가 끊이지 않는다. 나 역시 책의 더미에 짓눌려 꼼짝할 수 없다. 숨이 막혀온다. 살려달라고 외치며 필사적으로 몸을 버둥거리다 깨어난다.

꿈이었나. 잠만 들면 악몽과 가위눌림의 연속이었다. 책상 옆 벽면 쪽에 있는 책꽂이가 눈에 잡혔다. 섬뜩했다. 여태 그걸 왜 생각지 못했을까. 거실 책꽂이 절반도 안 되지만 이 큰 방의 책꽂이 역시 똑같은 방식으로 쌓은 것 아닌가. 잠결에 받침대 벽돌을 건드리기라도 했다면…… 생각만 해도 아찔했다. 급히 자리를 털고 일어났다. 방문을 여니 거실 바닥의 책들이 제일 먼저 눈에 들어왔다. 바닥에 널브러져 있는 모습이 그렇게 안정적이고 편안해 보일 수 없었다. 앞으로는 큰방에서 자지 말아야지. 거듭 다짐하며 작은방으로 향했다.

젠장. 서랍장에 양말이 하나도 남아 있지 않았다. 번거로운 절차를 또 거쳐야 했다. 빨래 건조대가 있는 베란다로 가려면 거실을 가로질러야 했다. 지뢰밭 걷듯 조심조심 걸음을 옮겨 놓았다. 종잇장 하나도 건드리지 않도록…… 책장 갈피마다 손길이 닿고 어떤 것은 수시로 들춰보면서 손때가 묻은 것도 있지만 이제는 돌이킬 수 없는 관계가 돼버린 것이다. 깊고 뜨거웠던 만큼 한 번 어긋나면 회복이 불가능한 남녀 관계처럼…… 어떤 접촉도, 관계 맺기도 다시는 하고 싶지 않았다. 그러니 거실은 지뢰밭이나 다름없었다.

책들이 집중적으로 쏟아져 있는 거실 중앙은 발 디딜 틈이 거의 없었다. 주먹만 한 틈새가 고작이라 곡예하듯 발가락 끝부분이나 뒤꿈치로만 디뎌야 했다. 더욱이 그곳은 마주치고 싶지 않은 책들로 그득했다. 한때 내가 기획했던, 하지만 일찌감치 절판돼 창고에서 자리만 차지하게 된 책들이 집중적으로 몰려 있었다. 그것들이 모이고 모여 결국 출판사를 침몰하는 배로 내몬 건 아닐까. 불편한 기억을 피하기 위해 에둘러 가는 쪽으로 방향을 바꾸었다. 비디오테이프 더미 쪽이다. 이사 때마다 버릴까 고민하다 결국 처분을 못 한 것들……

『감각의 제국』과 『마이크로코스모스』가 마주하고 있는 틈새에 간신히 발을 디뎠다. 앞으로도 영영 볼 일이 없을 것 같은, 티브이 방영 다큐멘터리와 명화들을 녹화했던 테이프들이 잔뜩 쌓여 있었다. 비디오테이프도 카세트테이프도 목록 역할이 고작이건만 이사 때마다 에어캡을 몇 겹이나 두른 박스에 정성껏 챙겨 넣는 습관을 버리지 못했다. VCR 플레이어도 없는데 비디오테이프는 왜 챙겨 왔던 것일까. 고장 난 플레이어를 서비스센터에 맡겼을 때의 수리 기사가 생각났다. 다른 젊은 기사와 달리 그는 늙수그레했다. 기기 점검을 마친 그는 내게 'AS 비용이 3만 원 나오는데, 고치실 건가요'라고 진지하게 물었다. 웬만하면 포기하라는 어조였다. 수리 비용이 크게 부담스럽지 않은데도 그런 소리를 하는 늙은 기사의 태도가 이해되지 않았다. 아니 못마땅했다. 자신의 일에 대한 의욕 부족이나 직업의식 결여쯤으로 치부한 나는 굳이 고쳐달라고 했다. 수리 후 단 한 번도 써보지 못하고 VCR 플레이어를 버리게 되었을 때야 그의 태도가 이해되었다. 트랜지스터 라디오부터 시작했을 그는 텔레비전, VCR 기기를 거쳐 디지털 시대로 넘어오면서 세상을 꿰뚫어 보는 눈이 생겼던 것이다. 서비스센터 내 대다수 젊은 수리 기사들 사이에서 유독 눈에 띄던 그 늙수그레한 기사의 직업적 행로도 VCR 기기의 운명과 다르지 않을 터였다.

전자제품 서비스센터나 대학이나…… 교수 임용 삼 년 만에 전공학과 폐지로 실직 위기에 처한 친구가 말했다. 시장 논리에 예외는 없다는 말이었다. 학교마다 비인기 학과가 통폐합되는 건 이제 새로운 일도 아니었지만 강도와 속도가 노골적으로 강해지고 있었다. 전자제품 AS센터 인력시장이야 출시된 제품 수명만큼은 보장되니까 대학보다 안정적이지 뭐. 친구는 부러운 시선으로 나를 바라보았다. 너처럼 시간강사로 연명하는 게 차라리 나을 뻔했다, 라는 표정이었다.

　—언제까지 이럴 건데?

　한영이 걱정스러워하며 물었다. 전시회 끝나기 바로 전날이었다. 그는 내가 전시실과 자신을 도피처로 삼고 있다고 생각하는 모양이었다. 사실이 그랬다. 그를 대신해 안내데스크 당번을 자처하면서 전시실은 부담 없는 도피처가 돼주었다. 눈만 뜨면 도망치듯 집을 나와 한영의 전시실을 베이스캠프로 해서 서울 시내 갤러리와 박물관, 영화관, 미술관 등을 전전하며 하루를 보냈다. 그러다 어두워지면 어김없이 한영을 포함한 몇몇 친구들과의 술자리였다. 일주일 내내 음주였다. 잘 때만 집을 찾았다.

　—뭐랄까, 아내의 부정을 눈치 챈 남편 같은 심정이랄까. 한지붕 밑에 같이 있다는 것 자체가 견딜 수 없고, 그렇다고 집을 포기할 용기도 없는……

　내 솔직한 심정을 빗댄 말이었다. 가슴 저 깊은 곳에 뚜렷

한 대상도 없는 배신감과 억울함 같은 것이 막연하게 도사리고 있었다.

—이해는 간다만 어떤 식으로든 복구는 해야지.

복구라는 말이 '복수'처럼 들려 실소가 나긴 했지만 한영의 지적대로 그게 우선 해결돼야 할 문제이긴 했다. 그래야 모든 생활이 정상으로 돌아갈 수 있었다. 하지만 일주일이 지나도록 아무런 의욕이 생기지 않았다. 복구 작업의 물리적 어려움은 둘째 문제였다. 복구의 의미 자체에 대한 회의가 실은 더 큰 문제였다. 확신이 없는 일에 의욕이 생길 리 없었다. VCR 기기 수리 기사의 교훈을 허투루 넘길 수 없었다.

—몽땅 기증해버릴까?

내 말에 한영이 어이없어하며 웃었다.

치기 부리듯 즉흥적으로 내뱉은 말이었지만 곰곰 생각해보니 기증도 이미 시대착오적이라는 생각이 들었다. 그것이 책이라면 더더욱. 공책 한 권만 한 태블릿 PC에 수백 권 분량의 책이 들어가는 세상이니 책은 이제 도서관보다는 박물관으로 방향을 잡는 게 맞았다. 21세기형 분서갱유를 자행하는 IS까지 고려해야 하는 문제가 새롭게 떠오르긴 했지만……

한동안 술잔만 오갔다. 소주의 거슬리는 단맛이 유난히 혀에 남았다. 현실을 직시할수록 기분이 눅눅해졌고 의욕은 더 사그라들었다. 여름날, 집 안에서 가장 시원한 욕실 타일 바닥을 뒹굴며 대야에 담긴 책을 읽던 때가 그리웠다. 욕실에서 마루로, 마루에서 책상으로 옮겨가면서 책의 종류도 만화에서 동화로 동화에서 소설, 역사서, 철학서로 문턱 넘듯 바뀌어갔다. 든든한 담과 울타리가 돼주었던 그 평화로운 세계의 연장선에서 지금껏 큰 풍파 없이 살아오긴 했다. 또한 그것은 현실의 고달픔을 잊게 해준 최고의 환각제였다. 그것 없이 산다는 건? 아마도 벽체 없는 집에 들어앉은 거나 다름없을 터였다. 그 허전함은 점점 더 커지지 않을까? 새로운 걱정과 우려가 기증에 대한 생각을 유야무야시켰다.

작은방에서 현관으로 가는 길은 책들의 방해도 거의 없었다. 멀리까지 튕겨 나온 『파이 이야기』 한 권만 덩그러니 섬처럼 떠 있었다. 주인공 소년 파이가 벵갈호랑이와 한배에 올라 바다를 표류하는, 동화 같은 그림의 표지가 눈에 잡혔다. 망망대해에 떠 있는 배에서 호랑이와 단둘이 마주하고 지내야 하는 기상천외한 표류 여행을 담은 책. 이제 당신은 두 이야기 중 어느 것을 택하겠습니까? 파이가 자신의 모험담을 낱낱이 들려준 다음 우리를 향해 던진 질문이다. 피해보상을 해야 하는 선박용 보험회사 직원들조차 끔찍한 현실 대신 파이의 기발한 상상이 만들어낸 모험 판타지를 택했다. 놀라웠다. 이해당사자인 보험회사 직원을 감동시키는 이야기라니……

스르르 척. 등뒤에서 현관문 자동 잠금장치 소리가 들렸다.

지루한 표류 생활을 끝낸 파이라도 된 기분으로 집을 등졌다.

—마지막 날까지 출근 도장 찍는구나.

한영이 한심해하며 말했다. 전시회 마지막 날이었다. 주말이라 그런지 사람들이 심심찮게 이어졌다. 지금까지의 관람객을 합친 수보다 많아 보였다. 그래봤자 백 명 남짓일 테지만.

—전시회 끝나면 뭐해? 다음 작품 구상에 들어가나?

내가 물었다. 앞으로 이주노동자 문제는 좀 벗어나라는 말을 덧붙이고 싶었지만 목구멍에서 필터링되었다.

—글쎄. 준희 넌 어쩔 건데?

녀석이 잔인하게 공을 내게 넘겼다.

태연한 척했지만 나도 내심 서운했다. 부담 없는 도피처 하나가 사라지는 것 아닌가. 서운함을 넘어 상실감이 몰려왔다.

—나랑 여행이나 같이할래?

뜻밖의 제안에 눈이 번쩍 띄었다. 새 돌파구를 찾은 느낌이었다. 신선했다. 집을 벗어나는 가장 그럴듯한 명분을 왜 지금껏 생각지 못했을까.

*

빨강이 점점 엷어져 연한 핑크로 마무리되었다. 언뜻 보면 그러데이션 컬러의 벽지 같았다. 어떤 벽면은 검정에서 흰색으로 변해가는 흑백 톤, 어떤 것은 코발트에서 엷은 하늘색으로 옮아가는 블루 톤이었다. 일렁이는 물결처럼 생동감이 느껴졌다. 자세히 보면 그것은 벽지가 아니라 책꽂이였다. 표지 책등의 색상에 따라 책을 분류해 디자인 감각이 살아나도록 꽂아놓은 커다란 책꽂이형 책장.

—필요한 책은 대체 어떻게 찾나요?

누구나 궁금해할 질문이라고 생각하며 내가 물었다.

—처음 꽂을 때 손이 느끼잖아요. 가끔 헛갈릴 때는 책등을 주의 깊게 한 번 들여다보면 되죠. 그래서 오히려 더 잘 기억하는 것 같아요. 내비게이션 없었을 때 길눈이 더 밝았던 것처럼요.

고개가 절로 끄덕여지는 대답이었다. 내 집에 널브러져 있는 책들이 만들어낸 길의 목록을 이틀 만에 꿰게 된 나로서는 더더욱.

—어떻게 이런 아이디어를 떠올리게 되었나요?

—일종의 직업병이라고 할 수 있겠죠. 책들이 항상 똑같은 자리에 꽂혀 있다고 깨닫는 순간 숨이 막히더라고요. 잡지는 다달이 옷을 바꿔 입잖아요. 배치라도 바꿔야겠다 싶어 그렇게 한번 해본 거예요.

그녀는 여성잡지 편집장이었다. 그 일이 계절에 맞는 옷을 바꿔 입는 것이라도 되듯 말했다. 자신의 설명이 부족하다고 생각했는지 그녀는 한마디 더 덧붙였다.

─다 읽고 나면 책은, 사실 앙꼬 빠진 찐빵 같은 거잖아요. 그 순수한 밀가루 외피에 새로운 생명을 불어넣고 싶었다고나 할까……

어깨를 으쓱해 보이며 그녀가 웃었다. 스타일리스트다운 열정이 묻어나는 그녀의 표정 위로 책장이 오버랩되었다. 흑백과 레드, 블루 톤이 연속해 펼쳐졌다.

전시실 중앙 벽면에 있는 스크린 장면이었다. '세상의 모든 책장'이라는 타이틀 아래 독특한 방식의 책꽂이들이 계속 소개되고 있었다.

걸어도 걸어도 출구는 보이지 않았다. 어디쯤 왔는지도 알 수 없었다. 온종일 책의 미로를 헤매고 있었다. 갈림길이 나왔을 때 한쪽에 반가운 표제가 눈에 띄었다. 『중세의 가을』. 그걸 이정표로 여기고 선뜻 그 길을 택했다. 성당의 종소리 하나로 사람들 마음을 묶어놓을 수 있었던 그 시절 유럽의 일요일 아침은 어땠을까? 뎅그렁거리는 종소리가 골목 구석구석으로 흘러드는 주일 아침 동네 풍경이 눈에 어른거렸다. 집집마다 부엌 창에서는 빵 굽는 냄새가 흘러나오고, 주부를 뺀 나머지 가족들은 게으른 잠에 취해 있어 골목마다 한적하기 이를 데 없는…… 하긴 그게 다는 아니었을 테지. 잔혹한 형벌이나 마녀사냥, 전쟁도, 종교의 명분 혹은 신의 이름 아래 끊이지 않았으니까. 걷고 또 걸어도 거기가 거기 같았다. 책으로 쌓인 담은 바늘 하나 파고들 틈도 없어 보였다. 담이 높아 바깥 풍경은 보이지 않았다. 그나마 하늘이 보이는 건 얼마나 다행인가. 이 미로를 벗어날 수 있을까. 의심이 드는 순간, 갈림길 모퉁이에 의자 하나가 눈에 띄었다. 책으로 만들어진, 쿠션감도 온기도 없는 의자에 걸터앉았다. 앉은키 높이에 있는 책들이 눈에 들어왔다. 『이상한 나라의 앨리스』 바로 옆에 『피노키오』가 있었다. 물거품으로 사라져간 『인어공주』와 『로빈슨 크루소』도 이웃해 있었다. 그것들과 함께하던, 꿈 같던 시절이 있었다. 그 세계에 머물길 얼마나 갈망했었나. 그 꿈이 이루어진 걸까. 이건 미로가 아니라 어쩌면 내가 꿈꾸었던 세상의 골목길일 수도 있다.

앨리스를 향해 손을 뻗었다. 단단하고 차가운 벽만 만져졌다. 피노키오도 마찬가지였다. 하나같이 미로를 이루는 벽에 불과했다. 어쩌면 이 미로는 유예된 감옥일지도 모른다. 이곳에서 가장 큰 형벌은, 벗어날 수 없다는 게 아니라 책을 빼 볼 수 없다는 사실 아닐까. 다시 일어나 걸었다. 내용이 빠져나간, 책이라는 단단한 외양의 순수함을 받아들여야 하나? 혼란스러워하며 발은 습관처럼 앞으로 나갔다. 현실이 운명으로 다가오는가 싶더니 책의 벽이 사라졌다.

출구다. 마침내 미로를 벗어난 것이다.

계단이 새로운 길로 이끌었다. 언덕으로 이어지는 계단의 끝에 대저택이 우뚝 서 있었다. 걸음은 반사적으로 계단을 올라 그 속으로 들어섰다. 거실 한쪽에 크리스마스트리가 반짝이고 있었다. 책을 쌓아 만든, 아름드리나무 같은 커다란 트리였다. 거실을 지나자 온기가 묻어나는 서재가 나타났다. 천장 높은 서재는 벽면이 온통 책으로 둘러 있고 가운데 커다란 테이블이 놓여 있었다. 테이블과 탁자 역시 상판의 나무만 빼고는 책으로 쌓아 올려진 것이다. 바닥의 조명이 테이블 아래쪽을 비추어 상판을 받친 책들을 훤히 밝히고 있었다. 온통 책으로 이루어진 집을 어리둥절해하며 둘러보는데, 어디선가 낙엽 타는 듯한 구수한 냄새가 났다. 서재 한쪽 구석에 있는 벽난로에 불이 지펴져 있었다. 난로 옆에 쌓여 있는 장작더미는 자세히 보니 나무가 아니라 책이었다. 시대마다 낙인 찍혔던 금서들, 그리고 한때 베스트셀러였던 책들도 섞여 있는 책더미였다. 잉크 냄새가 살짝 섞인, 불온하고도 매혹적인 냄새를 풍기며 불길은 안정적으로 타올랐다.

—당신은 책에 관한 이 모든 상상 또는 현실을 믿습니까?
서재 벽에서 유령처럼 나타난 사내가 질문을 던진다.

그의 얼굴이 클로즈업된다. 한영이다. 질문을 받은 채 우두커니 서 있는 한 사내의 뒷모습이 보인다. 질문한 남자는 다시 책장 사이로 사라진다. 나무처럼 묵묵히 버티고 서 있는 사내의 등이 점점 화면을 채우더니 급기야 시커먼 암전……
잔잔한 음악과 함께 자막이 올라간다.

책으로 만든 모든 것 展
—DIY by Book

기획

우한영

연출

우한영 · 노준희

설치 작업

우한영 · 노준희

인터뷰어

노준희

퍼포먼스

노준희 · 우한영

출연

세상의 모든 책들

노준희

김소영(잡지사 편집장)

정명훈(작가)

.

.

.

—일단 현장부터 한번 둘러보자.

한영이 택한 첫 여행지는 내 집이었다. 눈만 뜨면 뒤도 돌아보지 않고 도망 나왔던……

견적 내러 온 업자처럼 한영은 내 집 거실에 펼쳐져 있는 처참한 현장을 오래도록 신중하게, 가끔은 셜록처럼 예리한 눈초리로 살펴보았다.

—다음 작품 전시 공간은 아주 커야겠는걸.

작고 구석진 전시실을 고집해왔던 한영이 의외의 계획을 내놓을 때까지만 해도 나와 쓰러져 나뒹구는 내 책들이 그 프로젝트의 주체가 될 줄은 꿈에도 몰랐다.

—준희 너, 다시 투잡 하고 싶은 생각 없어?

여행의 막바지에 한영은 예기치 않았을 뿐 아니라 그리 적절해 보이지도 않는, 하지만 나로서는 솔깃할 수밖에 없는 제안을 했다. 갑과 을의 구분도 없이 우리는 단번에 의기투합했다.

'책으로 만든 모든 것 展' 프로젝트는 성공적이었다. 한영이 지금껏 가졌던 작품전 중에서 가장 큰 호응을 불러일으켰다. 공공미술 성격을 띤 그것은 한강시민공원을 넘어 하이드파크로, 라데팡스로, 천안문광장까지 꿈꿔볼 수 있게 되었다.

—아무리 내가 넘버 투여도 내 목소리 하나쯤은 낼 수 있겠지?

작업 전에 내놓은 나의 제안에 한영은 기꺼이 동의했다. 책

에서의 에필로그 같은 것을 나는 생각해냈다. 오랜 시간 함께
했던 내 반려들과의 추억이자 고별식이기도 한……

　바닥에 나뒹굴던 책들이 하나둘 몸을 일으킨다. 바닥부터
차곡차곡 쌓이던 그것들이 점점 높아지면서 탑으로 우뚝 선
다. 구름이 비켜 가고 하늘은 더 멀리 물러나며 길을 내주고
태양은 빛의 세례를 퍼붓는다. 거대한 책 탑은 우뚝 서서 빛
을 발한다. 굳건하고 듬직한 자태의 그것이 어느 순간 균형을
잃고 무너져 내린다. 신의 심판이 아니라 그것은 사람의 손
길이 만들어낸 작은 오차에서 비롯되었다. 책갈피에 꽂힌 단
풍잎 하나, 행간에 그어진 밑줄과 다소곳이 접혀 있던 종잇
장, 책 속에 끼워져 있는 연필 한 자루, 찢겨져 나간 표지 등
등 미세한 오차가 쌓이고 쌓여 균형을 잃은 것이다. 첨탑 꼭
대기에서부터 책들이 떨어져 내리기 시작한다. 하염없이 아
래로 향하던 그것들이 어느 지점에 이르자 중력을 벗어난다.
표지가 활짝 펼쳐져 좌우의 날개를 이루더니 훨훨 나는 게 아
닌가. 유유자적 허공을 선회하던 그것들은 철새 떼처럼 긴 행
렬을 이루어 하늘 저편으로 비행을 시작한다. 알렉산드리아
를 거쳐 머나먼 저 우주의 어디쯤엔가 있을 새로운 거처를 향
해…… 활기찬 날갯짓에 간간이 보석 같은 알갱이가 떨어져
내린다. 책갈피에서 떨어져 나온 그것은 외계의 행성들 위로
눈송이처럼 날린다. 지구별의 언어, 종이 위에 깨알처럼 박혀

있던 글자들이다.

끝   읽   어   감   합
  까   주   니
            사
  지   셔

                    다
            서

명찰놀이

진동음이 요란했다. 테이블 위에 놓인 휴대폰을 집어든 수현은 화면을 보고 멈칫했다. 초친 김정숙. 받을까 말까 갈등은 잠깐, 수현은 서둘러 폰을 내려놓았다. 수신자의 반응을 눈치채기라도 한 듯 전화는 이내 끊겼다. 신호음이 다섯 번 울리도록 받지 않으면 김정숙은 바로 전화를 끊었다. 수현을 배려한 것인지, 통화 습관이 원래 그런 것인지는 알 수 없었으나, 매사에 판단이 빠르고 명쾌한 그녀의 성향이 잘 드러났다.

　고등학교 단짝 친구인 원조 김정숙과 사서 김정숙에 이어 초등학교 친구인 김정숙이 휴대폰에 등록된 것은 작년 이맘때, 겨울 초입이었다.

"혹시, 맹수현 씨, 휴대폰, 아닌가요?"

기대 섞인 낯선 목소리가 띄엄띄엄 조심스럽게 흘러나왔다.

"네, 제가 맹수현⋯⋯"

말이 끝나기도 전에 환호에 가까운 탄성이 흘러나왔다. 수치로 따지면 30만 원 로또 당첨이 가져온 흥분의 데시벨 정도될 것 같았다.

"수현아, 내 정숙이다, 김정숙!"

대뜸 사투리가 튀어나왔다.

"⋯⋯"

"대조국민학교 6학년 9반 김정숙!"

삼십 년 전의 학교 운동장과 교실, 6학년 때 담임과 반 친구 몇몇이 회전목마처럼 수현의 뇌리를 스쳤지만 김정숙이란 이름으로 건져지는 기억은 없었다. 그때만 해도 한 반에 두어 명은 있을 법한 이름인데다 성까지 김이라니⋯⋯

"잘 모르겠제? 수현이 니야 앞쪽 잔챙이들하고는 잘 안 어울렸으이께. 나는 니 콧잔등의 주근깨도 기억나고만."

말끝에 장난기 서린 웃음까지 따라붙었지만 수현은 소름이 돋았다. 자신의 콧잔등에 난 주근깨는 가족 외에는 아무도 모르는 사실이라고 지금껏 생각해왔던 것이다. 몇 개 안 되는데다 그마저 두꺼운 뿔테안경에 가려져 있어, 코앞에서 안경을 들추고 들여다보지 않으면 거의 알아챌 수 없기 때문이었다.

그녀의 관찰력이 놀랍기도 하고 치부를 들킨 듯 민망하기도 했다. 한편으로는 자신에 대해 그토록 세세하게 알고 있는 상대를 누군지 가늠조차 못하는 자신이 미안하기까지 했다. 수현의 곤혹을 알아채기라도 한 듯 미지의 김정숙은 어릴 적 사진을 보면 금세 기억이 날 거라면서 카톡으로 사진부터 보내주겠다고 했다.

얼떨떨함이 가라앉기도 전에 까똑, 하며 사진이 날아왔다. 초등학교 졸업 앨범 사진이었다. 6학년 9반 여자애들이 한 페이지에 한 판짜리 달걀처럼 단정하게 담겨 있었다. 계란 모양 타원형의 흑백 증명사진이 상하좌우 열을 맞추어 정렬해 있었다. 천진난만한 표정에 유월의 새순 바라보듯 가슴이 풋풋해왔다. 문제의 김정숙도 그들 가운데 하나였다. '김정숙'이라는 궁서체 글자 위에 놓인 증명사진으로 미지의 김정숙은 실체를 드러냈다. 수현은 한눈에 그 친구를 알아보았다. 단발머리는 집에서 대충 자른 듯 좌우 길이가 제각각이었지만 또렷한 눈매와 꼭 다문 입술이 더없이 야무져 보였다. 낯은 익었으나 그 애와 얽힌 일은 떠오르지 않았다. 앞줄에 앉았던 키 작은 아이였다는 것 정도만 기억났다. 어쩌면 학기 내내 한 번도 말을 섞지 않았을 수도 있었다. 맨 뒷자리에 앉았던 수현과는 멀리 떨어져 있었던데다 낯가림 심하고 조용한 수현의 성격까지 보탠다면 충분히 있을 법한 일이었다.

열두 살 맹수현은 김정숙 아래 두번째 줄에 있었다. 숏컷

머리에 목이 유난히 길어 보이는 수현은 여자 아이들 중에서 유일하게 안경을 끼고 있었다. 놀란 듯 동그랗게 뜬 눈이 안경 렌즈 너머로 보였다. 갓 전학 온 아이처럼 어리바리해 보이는 표정이었다. 까맣게 잊고 있었던 자신의 어릴 적 모습을 대하자 수현은 신기하면서도 그렇게 쑥스러울 수 없었다.

"맹수현이라는 이름 보고, 단박에 닌 줄 알았다."

김정숙은 인터넷에서 우연히 수현의 이름을 발견했다고 했다. 신간 안내 몇 줄이 인터넷 바다를 표류하고 있었던 모양이다. 다른 책들과 함께 쌓여 간신히 책등의 제목 정도 보이는 사진에 책 제목과 작가명, 책값 등이 나와 있는 초간단 신간 안내였을 것이다. 그나마 이름이 박수현이나 이수현이 아니고 맹수현이어서 가능한 일이었을 것이다.

정숙의 립서비스는 한동안 이어졌다. 수현은 명맥만 겨우 유지하고 있는 자신의 작가로서의 곤혹 같은 걸 그녀가 알 리 없다고 생각하며 듣고만 있었다. 애써 연락해온 친구의 성의를 봐서라도 불편한 진실은 일깨우지 않는 게 도리라는 생각이 들었다.

"모퉁이 통닭집 끼고 들어간 큰 골목에서 오른쪽 두번째 막다른 골목집이 너거 집 아니었나. 녹색 대문에 석류나무 하나 있었고 '에리'라는 절름발이 강새이도 한 마리 있었고……"

아득한 시절 산골 할머니한테서나 들어보았을 법한 '강새이'라는 말의 청신한 울림과 함께 정숙이 되살려내는 기억의 디테일에 수현은 놀라움을 금할 수 없었다. 어울려 다닌 적도 없는데 수현의 집 강아지 이름까지 알고 있다는 사실도 신기했다. 어떻게 에리를 아느냐며 수현이 궁금해하자 정숙은 나중에 만나서 애기하자며 여운을 남겼다.

"설날에 고향 안 내려오나? 오면 꼭 연락해라. 얼굴 한번 보게."

간곡한 당부에 수현도 그러마고 했지만 만남이 실제로 이어질지는 의문이었다. 고향이라야 일 년에 한두 번 찾는데다 그것도 일만 끝나면 서울로 올라오기 바빴다. 반가운 마음에 선뜻 만난다 해도 일회성에 그치기 십상이었다. 살아갈수록 관계 맺기에 가장 큰 걸림돌은 성격이니 취향이니 이념 따위가 아니라 시공간의 물리적 제약이었다. 수현으로서는 앨범 사진을 얻은 것 자체가 큰 수확이었다. 앨범 사진 한 장이 타임머신 효과를 발휘해 수현은 시간의 숲에서 삼림욕이라도 하듯 한동안 그 시절에 빠져 있었다. 수현이 다닌 초등학교는 지방 도시의 변두리 동네, 그것도 시장통 근처에 있었다. 시장 상인들 자녀가 절반은 되었다. 양말공장 사장이나 의사 아버지를 둔 부유층 혹은 전문직 자녀 한둘이 네잎 클로버처럼 섞여 있을 뿐 95퍼센트는 이파리 세 개짜리 토끼풀들이었다.

김정숙은 그 뒤로도 꾸준히 연락을 해왔다. 대개는 안부 전화였고 더러는 고향에 언제 내려오느냐는, 만남에 대한 은근한 기대와 채근도 담겨 있었다. 정숙은 설 명절을 기대한 것 같았지만 수현은 사정상 고향에 내려가지 못했다.

"일단 밴드부터 한번 들어와봐라."

하루는 정숙이 초등학교 동창 모임 밴드 초대장을 보내왔다. 수현은 선뜻 응하지 않았다. 노출을 꺼리는 성격 탓에 지금껏 SNS와도 담쌓고 지냈던 것이다.

"영훈이 알제, 이영훈, 가한테 맹수현 니 얘기 했더니 억수로 반가워하대……"

의외의 등장인물에 수현은 솔깃해졌다. 영훈과 친했다고 할수는 없었지만 한 학기 동안 반장 부반장을 나란히 맡았던 각별한 인연이 있었다. 그제야 수현은 밴드 초대장을 클릭했다.

밴드에 들어서자 팝업 기능의 공지사항부터 눈에 띄었다.

'우리의 친구 맹수현, 작가가 되다.'

청소년 잡지 기사 타이틀 같은 제목을 따라 들어가보니, 거기에는 수현에 대한 세세한 정보가 편집돼 있었다. 초등학교 졸업 사진과 작가로 데뷔했을 때의 사진이 나란히 놓여 있었고 그 밑에는 그동안 출간한 책들 사진과 소개 글, 첫 창작집 냈을 때의 관련 기사까지 링크 돼 있었다. 정숙은 수현을 맞을 준비를 완벽하게 해놓았던 것이다. 간신히 명맥을 유지하고 있는 무명작가가 그 속에서는 노벨상 수상 작가라도 되듯 한껏 부풀려져 있었다. 환영 인사 댓글도 꽤 많이 달려 있었다. 뒤늦은 금의환향. 꼭 그런 기분이었다. 추켜세워진 분위기가 왠지 어색하고 쑥스럽지만 그렇다고 싫지도 않은, 어정

쩡하게 기분 좋은 그런 느낌이었다. 지방 도시 변두리 동네 초등학교 동기 동창 모임다운 소박함과 풋풋한 재미가 묻어나는 밴드였다.

*

수현은 상대를 못 알아볼 뻔했다. 다행히 먼저 그녀가 알은체해왔다. 첫인상부터 수현은 자신의 상상이 완전히 빗나갔음을 깨달았다. 김정숙은 앨범 속 사진과 몇 차례의 통화로 익숙해진 목소리로 연상했던 이미지와 너무도 달랐다. 어릴 때와는 달리 키도 평균 이상이었으며, 졸업 사진의 들쭉날쭉했던 단발머리 때문인지 오른쪽 앞머리만 유난히 길게 드리운 언밸런스한 커트 머리가 그렇게 깔끔해 보일 수 없었다. 갸름한 얼굴은 잔주름도 거의 없었고 한 듯 만 듯 자연스러운 메이크업이 맑은 피부를 돋보이게 했다. 정장과 캐주얼 느낌이 동시에 나는 검은색 롱셔츠는 중년 같지 않은 몸매를 한껏 드러냈다. 여성스러운 단아함과 온기가 묻어나면서도 은근히 당당하고 자신감이 배어 있는 커리어우먼 스타일이었다. 말도 억양만 살짝 사투리 느낌이 묻어날 뿐 완벽한 표준말을 구사했다. 통화할 때는 옛 친구라는 친근감을 주기 위해 일부러 사투리를 심하게 쓴 게 아닐까 싶을 정도로 어투가 달랐다.

서울이라는 걸 의식했을 수도 있었다. 일 때문에 서울에 왔다며 온 김에 한번 보자고 한 정숙의 갑작스런 청을 수현은 거절하기 어려웠다. 정숙은 정숙대로 그렇게라도 하지 않으면 수현을 만나기 힘들 거라는 판단을 한 것 같았다. 갑작스런 만남에다 자신의 예상과 너무도 빗나가는 이미지여서 수현은 살짝 속은 듯한 느낌도 없지 않았다.

"니 책 다 읽어봤다. 친구 작품이라 그런지 이상하게 감정이입이 잘되면서 실감나대."

간단한 안부 인사 뒤에 정숙이 책 애기로 물꼬를 텄다.

수현은 그 성의에 또 한 번 놀랐다. 자신의 책을 다 읽고 온 친구는 처음이었다.

"작품 분위기로는 아직 혼자인 것 같더라만……"

정숙이 조심스러워하며 신상 관련 애기를 꺼냈다.

"그래서 우리 바닥 사람들끼리 하는 말이 있단다. 오죽하면 글을 쓰겠냐고."

농 섞인 대꾸를 정숙은 이해 어린 미소로 받았다.

밴드에서 본 것처럼 정숙은 수현에 관해 많은 걸 파악하고 있는 것 같았다. 존재감 없는 작가라도 유명 연예인과 이름만 겹치지 않으면 구글 검색이 웬만한 궁금증은 해결해주는 시대 아닌가. 탄핵반대서명 작가 명단에서부터 유명 작가 출간 기념회 참석자로 언급된 블로그 소식까지, 자신의 일보다는 다른 작가 일에 얽힌 기사가 더 많은, 존재감 미미한 작가라는 사실도 정숙이 꿰고 있을 것 같았다.

"그때는 너도 나만큼이나 존재감 없는 아이였지."

수현은 정숙에 관한 기억이 별로 없음을 내비치면서 공을 슬쩍 그녀에게로 넘겼다.

"맹수현 너야 그래도 우리 반 여자애 중에서는 넘버 투였으니 나랑은 비교가 안 되지."

여자애 '넘버원'을 떠올리게 하는 대답을 들으며 수현은 정숙도 분명 같은 친구를 염두에 두었을 거라고 생각했다.

"너야 워낙 조용해서 존재감 없는 것처럼 느껴졌을 뿐이고, 나야 친구들이랑 어울릴 수조차 없었으니 그럴 수밖에……"

그렇게 시작한, 수현이 전혀 알지 못했던 정숙의 이야기가 조금씩 풀려 나왔다. 외조부모 밑에서 자란 정숙은 어릴 적부터 친구들과 어울려 노는 건 꿈도 못 꿀 일이었다고 했다. 학교만 파하면 고물 장수였던 할아버지 일을 거들어야 했다는 것, 중학교를 무사히 마치고 명문 상고에 진학했고 고등학교 졸업 후에는 은행에 취직했다는 것, 사내 커플로 결혼을 했고 딸 하나를 낳아 키우면서 방통대를 졸업했으며 서른 살에 부동산 공경매사 자격증을 따서 지금껏 그 일을 업으로 해오고 있다는 것 등등 내실 있고 열심히 살아온 흔적이 역력한 삶의 이력이 조리 있게 흘러나왔다. 수현은 듣는 내내 그녀의 삶의 내공이 만만치 않음을 느꼈다. 불우한 시절 얘기를 할 때도 감정의 과잉 따위 없었고 성취에 대한 얘기를 할 때도 과장이나 자부심 같은 건 찾아볼 수 없는, 시종일관 담백하고 절제 있는 어조였다.

"그런데 우리 집 에리는 어떻게 알았어?"

수현이 강아지 얘기로 화제를 돌렸다. 중학생이던 오빠가 어느 날, 다리 다친 강아지를 주워 와 가족들 몰래 뒤란에 숨겨놓고 보살폈던 일이 있었다. 상처가 낫자 엄마가 주인에게 돌려주라고 했지만 오빠는 그러면 강아지와 함께 집을 나가버리겠다고 협박에 가까운 선언을 하는 바람에, 남몰래 조심조심 키워야 했던 강아지였다. 더욱이 데려온 지 육 개월 만에 놈이 죽는 바람에 가족 외에는 그 존재를 알기도 어려웠다.

"가정방문 때 너네 집에 갔던 일 기억 안 나는 모양이지?"

같은 동네로 엮인 반 아이 대여섯 명이 담임과 함께 가정방문 왔던 일이 있긴 했으나 그 속에 정숙이 끼여 있었던 건 기억나지 않았다. 정숙은 수현의 집 강아지부터 대문 옆에 기대 있던 녹슨 부삽과 강아지 밥그릇으로 쓰던 미제 군용 통조림 깡통까지 떠올리며 자신의 존재감을 완벽하게 입증했다.

"가정방문 때면 내가 선생들 단골 길잡이였거든."

할아버지 일을 도왔던 정숙은 동네 구석구석을 손금 들여다보듯 꿰고 있었다. 연탄 가게에서 경로당으로 이어지는 골목길 이야기도 정숙을 통하자 생생하게 살아났다. 골목 바닥이 울퉁불퉁 고르지 않은데다 좁기까지 해서 자전거도 리어카도 지나다니기 힘들었다는 얘기며 골목길 전봇대 전등이 툭하면 깨져 있는 바람에 술꾼들 해우소로 안성맞춤이어서 지나다닐 때마다 지린내가 코를 찔렀다는 것하며 진미네 집 백구가 새끼를 낳고 늑대처럼 사나워져 밤이면 개 짖는 소리로 골목길이 더 무시무시해졌다는 얘기 등등 수현의 기억에 어렴풋하던 골목 풍경이 정숙의 목소리로 세밀화처럼 그려졌다.

"한때는 나도 작가가 되고 싶었단다. 꿈에 그쳤지만……"

골목길 이야기 끝에 따라붙은 정숙의 꿈을 듣는 순간, 수현은 자기가 해주고 싶었던 말이 그녀의 목소리를 통해 흘러나온 것 같았다.

"해보지 그랬어. 자질도 있어 보이는데."

수현은 진심을 담아 말했다. 한편으로는 정숙이 자신을 만나려 했던 게 혹시 이런 일과 관련한 게 아닐까, 싶기도 했다. 삶의 여유가 생긴 중년의 남녀가 한때의 문청 자질과 삶의 굴곡을 밑천 삼아 작가를 꿈꾸며 글쓰기 강좌를 기웃거리는 건 새로운 일도 아니었다. 그녀처럼 남다른 관찰력이라면 소양도 충분해 보였다.

"글을 아무나 쓰나. 배고픔 따윈 감내할 예술혼 같은 게 있어야지. 그거야말로 재능에 우선하는 게 아닐까 싶어. 난 가난을 견딜 자신이 없더라고. 그때 알았지. 작가 자질은 없다는 걸."

오랫동안 글쓰기 문제를 고민해온 사람처럼 말한 정숙은 잠시 뜸을 들이더니 한마디 더 덧붙였다.

"그러니 맹수현 넌 정말 대단한 선택을 한 거야."

눈을 뚫어지게 쳐다보며 하는 정숙의 말에 수현은 섬뜩했다. 예술혼의 다른 이름인 가난의 멍에를 자신에게 지우려는 것 같아서였다.

*

"난 이것 때문에 중국요리 좋아해."

정숙이 젓가락으로 접시의 음식 하나를 집어들어 보였다. 특급 호텔 중식당의 격조 있는 조명등 아래 튀김옷에 묻은 소스가 자르르 윤기를 냈다. 코스 요리 두번째로 나온 음식이었다.

"가정방문 때 맨 마지막으로 들렀던 집이 영훈이 집이었거든…… 한옥 별장 같더라, 집이."

마당에 높이 쌓인 고물 더미를 보며 살았던 아이의 눈에 비친 부잣집 저택이 어땠을지 수현도 짐작이 갔다.

"영훈이 엄마는 또 얼마나 젊고 예쁜지, 꼭 계모 같더라니까."

정숙의 목소리와 눈빛은 그 시절로 완전히 돌아가 있는 것 같았다.

정숙은 깨끗하고 조용한 다다미방부터 떠올렸다. 그리고

까만 교자상에 차려진 화려하고 진귀한 음식들…… 바로 그 상 앞에 어린 정숙과 담임이, 건너편에는 영훈과 그의 엄마가 앉아 있었다. 어린아이는 상 위의 음식에 넋이 빼앗긴 채였다. 은빛 주전자에서 따끈한 청주가 흘러나오면서 술냄새가 코를 자극했지만 아이는 여전히 현실감이 없었다. 그때 영훈의 엄마가 젓가락으로 집은 음식 하나를 아이에게 디밀었다. 아이는 정신이 번쩍 들었다. 계모에서 단번에 천사로 변신한 그녀의 상냥한 미소를 뚫어지게 쳐다보며 아이는 입을 벌렸다. 천사의 미소와 함께 그 맛은 아이의 혀끝을 타고 심신을 파고들었다. 꿀에 빠졌다 나온 듯 윤기 나는 그것이 입안으로 미끄러져 들어오자 그 새콤달콤한 맛이 침샘을 자극해 자르르 입안 가득 침이 고였다. 튀겨진 찹쌀 외피가 쫀득하게 씹히면서 고소한 맛이 혀에 부드럽게 감겨드는가 싶더니 살코기의 탄력 있는 육질이 단단하게 입속에 자리를 잡았다. 씹을수록 고기에서 육즙이 배어 나오고 튀김옷의 고소한 맛과 새콤달콤한 소스의 첫맛이 어우러져 오묘한 감칠맛을 냈던 것이다.

"그 맛에 홀딱 넘어갔지."

정숙은 간이라도 빼준 듯한 목소리였다. 젓가락 끝에서 반들거리던 문제의 음식은 탕수육. 고급 코스 요리에서는 이제 요리 축에 끼기도 어려운 것이건만 정숙은 편식 심한 아이처럼 다른 음식에는 손도 대지 않고 그것만 깨끗이 비웠다.

세번째 만남이었다. 얼떨결에 응했던 첫 만남과 벚꽃 만발하던 봄날의 두번째 만남에서 수현은 잃어버린 시간과 놓쳤던 기억의 꾸러미를 되찾은 기분이었다. 정숙이 펼쳐놓는 이야기도 흥미로웠고 그녀의 세심한 배려에 분위기도 편했다.

　정숙의 갑작스런 요청에 의한 세번째 만남도 수현은 기꺼이 응했다. 정숙은 이번에도 일 때문에 서울에 왔다고 했으나 수현과 만나는 일을 더 중요하게 여기는 것 같았다. S클래스 벤츠를 모는 정숙의 옆자리에 앉아 예약된 호텔 중식당으로 향하면서 수현은 의전 접대라도 받는 기분이었다. 밴드에 처음 접속했을 때처럼 얼떨떨해하며 수현은 정숙이 자신을 왜 이토록 적극적으로 만나려 하는지 다시 궁금해졌다. 보험 설계사 혹은 네트워크 마케팅 관련 일을 하는 게 아닐까 싶었던 맨 처음의 의혹은 이미 빗나갔고 우연히 발견한 옛 친구에 대한 반가움이 빚어낸 충동, 또는 글쓰기 관련 조언을 얻고자 하는 것도 아니라는 것 역시 이미 확인되었다.

　어쩌면 성공한 중년이 누리려는 여유의 한 형태가 아닐까 싶기도 했다. 이해관계로 얽힌 사회생활의 피로감에서 벗어나려는 탈출 욕망 같은 것. 풋풋했던 시절을 공유할 수 있는 옛 친구라면 현재와 과거를 넘나들며 빠져드는 시간놀이는 물론 힐링 효과까지 얻을 수 있을 테니 말이다. 그런 의도라면 이성보다는 동성 친구가 더 편하고 순수하게 느껴질 테고, 그것도 고향 아닌 타지라면 여행 정취까지 누릴 수 있을 것이고, 작가 친구라면 더더욱 얘기가 잘 통할 테고······ 이런저런 가능성을 아무리 떠올려보더라도 정숙의 열의와 적극성의 이유가 명쾌하게 풀리지는 않았다.

"이영훈과는 자주 연락해?"

수현의 물음에 정숙은 고개를 끄덕였다. 정숙이 미끼처럼 던진 인물이 영훈이었으나 정작 밴드에서는 그를 찾아볼 수 없었다. 정숙은 영훈이 본명 대신 닉네임을 써서 그런 거라며 그의 숫기 없는 성격이 여전함을 일깨워주었다. 영훈이 무슨 일을 하느냐고 묻자 정숙은 물려받은 가업을 현대적으로 변형시킨 업종이라고 에둘러 답하는 바람에 수현의 궁금증은 더 커졌다.

"한옥 별장처럼 보였던 영훈의 집이 나중에 알고 보니 요정이었더라고."

정숙은 다시 가정방문 때로 거슬러 갔다.

수현은 정숙의 이야기를 들으며 요정을 현실에 맞게 변형시키면 어떤 업종이 나올지 상상해보았다. 전통음악 관련 학원부터 노래방, 퓨전 프랜차이즈 식당까지 업종이 무궁무진했다. 거기다 어릴 적 영훈의 이미지까지 투영하니 더더욱 감이 잡히지 않았다.

영훈은 여자애처럼 곱상한 외모에 성격도 차분하고 조용했다. 병약하기까지 해서 등하교 때마다 그 애의 할머니나 이모가 꼭 따라붙었고 병원 가느라 조퇴도 잦았다. 반장을 하기에는 여러모로 역부족이었다. 어쩌면 그 때문에 부모나 담임은 더더욱 그런 일이 필요하다고 생각했을 수도 있었다. 그리고 결과적으로 그것은 적중했다. 반장 자리가 신비의 영약이라도 되듯 영훈은 반장이 되고 나서 확실히 건강도 좋아졌고 성적도 올랐다.

그 얘기를 떠올리자 정숙은 시니컬한 표정이 되었다.

"돈으로 안 되는 게 뭐가 있겠어?"

정숙의 반응에 수현은 그녀가 영훈의 엄마가 아들이 반장된 기념으로 돌렸던 선물을 떠올린 모양이라고 생각했다. 아이들은 영훈이 엄마의 치맛바람 덕에 반장이 된 거라며 수군거렸다. 영훈의 엄마가 일제 샤프펜슬과 카스텔라 빵을 하나씩 돌리면서 반장 턱을 내고 나자 뒷담화는 깨끗이 사라졌다.

"성적과 건강까지 어떻게 돈으로 해결해?"

수현의 반문에 정숙은 피식 웃어 보였다. 냉소라기보다는 조롱이 섞인 웃음이랄까. 수현의 순진함을 일깨우는 것 같기도 했고 수현이 알지 못하는 뭔가를 알고 있다는 뉘앙스 같기도 했다.

"부자가 무서운 게 뭔지 알아?"

정숙이 수현의 눈을 똑바로 들여다보며 물었다. 새콤달콤한 소스에 적셔진 튀김 고기 한 점을 집어들고 말할 때처럼 정숙의 눈빛이 집요해졌다.

"돈이면 뭐든 할 수 있다는 터무니없는 확신, 그것이 보통 사람은 상상도 못하는 걸 떠올리게 하고 결국은 그걸 가능하게 만들거든……"

수현은 '보통 사람은 상상도 할 수 없는' 것이 영훈의 일과 무슨 연관이 있을지, 그 시절로 거슬러 올라가 작가적 상상력까지 동원해보았지만 자신은 그저 보통 사람에 불과하다는 사실만 절감할 뿐이었다.

"수현이 너, 완수 알지, 성완수?"

정숙이 화제를 돌렸다.

드디어 6학년 9반 넘버원의 출현이었다. 수현이 가장 궁금해했던 친구가 실은 완수였다. 그만큼 반에서 독보적 존재였다. 작은 키에 바싹 마른 체형, 까무잡잡한 얼굴에 눈매가 날카로웠다. 소풍 때는 춤과 노래 솜씨로 선생과 아이들 넋을 빼놓았고 운동회 때는 열렬한 응원으로 지는 경기를 역전시키는 응원 단장이었고 시험만 치면 한 번의 예외도 없이 1등이었다. 하지만 모범생은 아니었다. 문제아들과 어울려 다녔고 더러 사고도 쳤다. 그래서 아이들한테 더 인기가 높았다. 반장 투표 때도 압도적 지지로 뽑혔지만 완수는 그것만큼은 거절했다. 후보 추천 때 이미 완수는 자신은 반장 될 자격이 없다면서 사퇴 의사를 밝혔다. 그럼에도 몰표가 나왔다.

"완수가 왜 한사코 반장 자리 거절한 줄 알아?"

그가 모범생이 아니란 걸 정숙도 모르지 않을 거라고 생각하며 수현은 정숙을 쳐다보았다. 실은 수현도 오랫동안 궁금했던 일이다. 적극적인데다 욕심 많은 완수가 반장 자리를 포기한 건 납득이 되지 않았던 것이다. 어쩌면 그는 반장이 되면서 자기가 잃게 될 것들을 잘 알고 있었기 때문이 아닐까. 모범생의 월계관과도 같은 반장 자리 그것이 얼마나 족쇄 같은 것인지, 그것 하나만 포기하면 다른 모든 걸 누릴 수 있다는 걸 완수는 그 어린 나이에 이미 알고 있었던 게 아닐까?

"겁먹었던 거지."

정숙의 말이 수현의 궁금증을 더 키웠다.

"자신이 가난한 집 자식이라는 뿌리 깊은 자의식, 그것 때문 아니었겠어?"

정숙의 대답은 수현의 기대만큼 참신하진 않았지만 예상치 못한 답도 아니었다. 어떤 선생도 가난한 집 자식이 반장이 되는 걸 원치 않았다. 반장 부모라면 으레 육성회 이사로 학교에 찬조금 정도는 내놓을 여유가 있어야 하고 무엇보다 담임을 세심하게 살피고 챙길 줄 알아야 했다.

주번의 역할이 어디까지인지 알아? 언젠가 담임이 주번인 수현을 불러 말했다. 수현이 대답을 못하고 우물쭈물하자 담임은 책상 밑에 놓인 자신의 실내화용 슬리퍼를 가리켰다. 교실 내 담임 물건도 알아서 챙겨야 하는 거야. 수현은 교실 정리를 끝내고 마지막으로 담임의 슬리퍼를 챙겨 들었다. 집으로 가져가 깨끗이 씻어 말린 다음 원래 자리에 갖다놓을 생각이었다. 수현의 얘기를 전해 들은 엄마는 6학년짜리가 왜 그렇게 눈치가 없느냐며 나무라고는 서둘러 수현의 손목을 잡고 신발 가게로 향했다. 평소 싼 것만 찾던 엄마가 최고급 슬리퍼를 고른 것도 의외였고 한푼도 깎지 않고 흔쾌히 제값을 치른 것도 처음 보는 일이었다. 새 슬리퍼를 본 담임이 너무도 자연스럽게 어머니께 감사의 말을 전하라고 했을 때야 수현은 어른들의 소통 방법이 따로 있음을 깨달았다.

"그럼 이번 학기는 투표 대신 선생님이 반장 부반장을 지명하는 걸로 하겠다."

몰표를 받은 완수가 한사코 반장을 거부하자 담임은 임명 방식을 택했다.

"이번 학기 반장은 이영훈, 부반장은 맹수현."

발표를 듣는 순간 수현은 담임의 슬리퍼가 떠올랐다. 그것이 왕관으로 변해 자신의 머리에 얹히는 기분이었다. 부반장 표를 가장 많이 받은 친구가 엄연히 있었고 수현은 그다음 순위였던 것이다. 영훈 역시 반장 득표 3순위로, 압도적이었던 완수 말고 다른 2위의 후보가 있었지만 수혜자가 되었다. 사실 그건 충분히 있을 법한 일이었다. 무엇보다 영훈은 반에서 가장 부잣집 아들이었으니까. 수현은 자신이 그저 영훈의 반장 자리를 합리화하기 위해 선택된 것 같았다. 슬리퍼와 왕관은 아무리 생각해도 교환가치가 맞지 않아 보였다. 이래저래 그 자리가 내키지 않았지만 수현은 거절할 용기도 없었다. 원치 않는 걸 분명하게 밝히던 완수가 더더욱 대단해 보였다.

"수현이 너, 혹시 혜원이 소식 몰라? 이혜원?"

정숙이 화제를 옮겨갔다. 여자애 넘버원이자 '엄친딸'의 전형이라 할 수 있는 아이가 혜원이었다. 정숙이 수현을 넘버투로 칭했을 때 염두에 두었을 여자애 넘버원이 그녀였을 터였다. 혜원은 엄마 아빠가 모두 교사여서 학교 이상으로 교육적일 것 같은 가정환경에서 자랐음에도, 부작용이나 역효과 같은 건 전혀 찾아볼 수 없는 모범생이었다. 부모의 뒤를 이어 고향의 국립대 사범대를 갔다는 소식이 수현이 아는 전부였지만, 그 후의 행로는 대충 짐작할 수 있을 것 같았다.

"얼마 전, 교육청에 알아봤더니, J시에 있는 중학교에서 오년 전에 사직했더라고. 외국으로 갔을 수도 있어. 남편이 외교관이었다는 말을 들은 것 같기도 하고……"

수현은 혜원에 대한 소식보다 옛 친구 찾기에 혈안이 된 정숙의 열성과 남다른 관심, 그리고 그 에너지의 한계가 어디까지인지가 더 궁금했다.

"이제 자리 옮겨갈까?"

정숙은 계산서부터 집어들었다. 테이블에 절반 이상 남은 음식이 마음에 걸려 수현은 선뜻 일어나기가 어려웠다. 여느 식당 같았으면 포장이라도 부탁했을 텐데, 라는 생각에 호텔이란 이래저래 낭비란 생각이 들었다. 정숙은 그런 것에 전혀 개의치 않았다. 성공한 커리어우먼이라 해도 주부의 면모가 어딘가 보이게 마련이지만 정숙은 그렇지 않았다. 수현은 그녀의 재력이 어쩌면 자신의 상상 이상일지도 모른다는 생각을 얼핏 했다. 앞장선 정숙은 이번에도 호텔 지하 바로 방향을 잡았다.

"어차피 숙소도 여기야. 나 같은 비주류파는 이런 데가 오히려 싸게 먹혀."

정숙이 쭈뼛거리는 수현을 보고 덧붙였다. 호텔에서 1, 2차를 같이하는 건 수현으로서는 처음 있는 일이었다. 수현이 2차는 자신이 사겠다고 말하자 정숙은 작가가 무슨 돈이 있다고 이런 특급 호텔에서 술을 사려고 하느냐며 손사래 쳤다.

"걱정 마라. 웬만한 남자 동창 만나도 술값은 내가 내니까."

배려와 과시가 적절하게 어우러진 어조로 정숙은 수현의 말을 일축했다.

바는 한산했다. 시간이 일러서인지 불경기 탓인지는 알 수 없었다. 정숙은 익숙한 태도로 바텐더가 있는 스탠드 쪽에 자리를 잡았다. 수현이 낯가림하듯 주위를 두리번거리는 것에 비하면 정숙은 너무도 자연스러운 태도였다. 바텐더와도 스스럼없이 얘기를 나누며 주문도 능숙하게 했다. 사실 정숙은 술과 친한 편도 아니었다. 어떤 술이든 한 잔이 주량이었고 그 이상은 절대 마시지 않았다. 물 흐르듯 자연스러운 그녀의 일련의 행동을 보면서 수현은 어떤 상황에서든 자연스러운 태도야말로 최고의 세련미라는 생각을 했다.

"완수는 어떻게 지내?"

주문한 술이 나오자 수현은 진작부터 하고 싶었던 질문을 꺼냈다. 어릴 적 친구일수록 시간의 간극이 낳은 현재 모습이 궁금하게 마련이었다. 성완수라면 더더욱……

"그때, 완수가 정말 반장 하고 싶지 않았을까? 그렇게 욕심 많은 애가."

앞에 놓인 술잔을 만지작거리며 정숙은 투표 사건을 다시 꺼냈다.

"본인이 하기 싫다고 밝혔잖아."

그때의 상황을 생생하게 떠올리며 수현이 받아쳤다.

"그게 순수한 자기 생각이었을 거 같애?"

정숙이 묘한 웃음을 띠었다.

"모든 자살은 타살이다, 그런 얘기를 하려는 거야?"

수현이 되받았다.

"우린 그런 뜬구름 잡는 얘기는 딱 질색이지."

'우리'라는 말로 정숙이 완수와 한배에 오르면서 수현은 자연스레 그들에게서 밀려나는 느낌이었다. 투표 사건은 수현에게 유난히 선명하게 남아 있을 뿐 아니라 그 후로도 오랫동안 따라다닌 기억이었다. 자기 생각을 분명하게 밝히던 완수의 당당했던 모습이 인상적으로 남았지만 세월이 가면서 그 인상도 다르게 읽혔다. 소신으로 보였던 완수의 행동이 어느 순간 타협으로, 또 어떤 때는 백기를 드는 모습으로도 읽혔던 것이다.

"성완수 찾느라 일 년 걸렸다."

정숙은 초등 동창 모임을 만들려고 했을 때 맨 처음 떠올린 친구가 완수였다고 했다,

"누가 봤으면 빚쟁인 줄 알았겠네."

수현이 정숙의 집요함을 그렇게 빗댔다.

"맞아. 그게 핵심이야 관계에서는…… 어떤 식으로든 빚이라는 게 남아. 그 힘으로 유지되는 거 같아, 관계라는 건."

체험에서 얻은 확신 같은 게 깃들어 있는 말이었다.

정숙은 위스키 한 잔을 더 주문했다. 딱 한 잔이 주량인 그녀에게 두번째 잔은 감상용 혹은 전시용일 뿐 절대 그 용도를 벗어나지 않는다는 걸 수현은 잘 알고 있었다.

"성완수, 우리가 기대했던 것만큼 잘돼 있지 않았어."

정숙은 그제야 수현의 질문에 해당하는 답을 내놓았다.

수현이 전혀 예측 못한 일도 아니었다. 앞날을 예측하기에 열두어 살은 사실 너무 어린 나이 아닌가. 삼십 년이라는 시간이 갖는 변수가 클 수밖에 없었다. 어린 시절 모두의 영웅이었던 친구의 삼십 년 뒤 모습에 지나치게 기대를 하는 것도 어쩌면 성공신화에 길들여진 우리의 관습적 사고인지도 몰랐다. 모두의 예상을 뒤엎는 것, 오히려 그게 더 완수다웠다. 수현은 더더욱 완수가 궁금해졌다.

"언제 고향 내려가면, 같이 한번 보자."

*

"약속이 갑자기 잡히는 바람에, 다른 친구들은 연락이 잘
안 됐다."

정숙은 이영훈과 함께였다.

수현이 고향을 찾으면서 이루어진 만남이었다. 평소 대리
로 치렀던 집안 경조사를 직접 챙기면서 고향에 내려온 것도
정숙과 옛 친구를 만나려는 목적이 더 컸다.

"단출하고 좋지 뭐."

수현은 내색은 않았지만 문제의 완수가 보이지 않자 서운
했다. 평일인데다 어정쩡한 시간대여서 영훈이 와준 것만도
다행으로 여겨야 할 것 같았다. 영훈은 곱상하던 예전 인상은
오간 데 없고 제법 살집 있는 중년 남자로 변해 있었다. 어릴
적보다는 훨씬 건강하고 남자다워 보였으나 카스트라토를 연
상시키는 목소리는 여전했다.

수현이 영훈에게, 하는 일은 잘되냐고 안부 인사 겸 묻자
영훈은 정숙이 도와줘서 제법 할 만하다며 정숙에게 공을 돌
렸다. 도움은 무슨 도움, 나야 빚진 거 갚는 셈이지, 라며 정
숙은 지난날 영훈의 엄마가 자신한테 베풀어준 친절에 비하
면 아무것도 아니라며 손사래 쳤다.

"내 롤모델이었잖아. 영훈이 어머니가."

뜻밖의 고백까지 나왔다.

어린 나이에도 정숙은 영훈 엄마의 온화한 모성이나 애교 넘치는 여성성이 아니라, 결단력 있는 사업가 면모에 더 끌렸다고 덧붙였다. 계모에서 천사로, 그리고 다시 롤모델로 옮겨 갔던 영훈의 어머니도 이제는 의식 흐릿한 할머니가 되었다는 이야기며, 고물 더미만 잔뜩 쌓아놓고 일찌감치 돌아가신 정숙의 할아버지에 얽힌 이야기가 학교 주변 골목길과 함께 한동안 흘러나왔다.

"성완수는 요즘 바쁜가보지?"

수현이 잠시 틈을 타 완수 얘기를 꺼냈다.

화기애애하던 분위기가 갑자기 냉랭해졌다. 정숙도 영훈도 굳은 표정으로 한동안 말이 없었다. 정숙의 눈치를 살피던 영훈이 마지못한 듯 나섰다.

"완수, 얼마 전에 세상 떠났다."

뜻밖의 소식이었다. 수현은 슬프다기보다 허탈했다. 고향을 찾은 것도 그와의 만남에 대한 기대가 가장 컸던 것이다. 영훈은 완수를 처음 만났을 때부터 그리 건강한 얼굴이 아니었다고 덧붙였다. 정숙이 '기대만큼 잘돼 있지 않았'다고 했을 때는 건강에 대한 얘기는 분명 아니었다.

"재능 많고 똑똑한 친구였는데……"

영훈이 안타까워하며 말했다.

"똑똑하긴 뭐가 똑똑해, 모자라도 한참 모자랐지. 아니면 배가 덜 고팠거나."

듣고만 있던 정숙이 신랄하게 받았다.

수현은 정숙의 과민반응을 이해할 것 같았다. 유대감이 남달랐던 만큼 상실감이 클 터였다. 완수를 찾기 위해 정숙이 쏟았던 정성과 노력을 떠올린다면 더더욱……

"나처럼 완수도 그동안 정숙이 도움 많이 받았지. 더 살았으면 좋은 일도 있었을 텐데."

영훈이 조심스럽게 말했다.

"무신, 쓸데없는 소리고!"

정숙이 벌컥 화를 냈다.

영훈은 어린애처럼 겁먹은 표정으로 이내 입을 다물었다. 왠지 그는 정숙 앞에서 시종일관 주눅 든 모습이었다. 처음엔 워낙 숫기 없는 친구라서 그런가보다 생각했지만 그게 전부는 아닌 것 같았다.

"미안하다. 괜히 내가 쓸데없는 소릴 해가지고."

영훈이 정숙에게 사과했다. 사과라기보다 사죄하는 것처럼 들렸다. 정숙의 그늘 아래 있다는 기색이 역력해 보였다. 빛을 중심으로 관계의 논리를 내세웠던, 처음엔 궤변처럼 들렸던 정숙의 말이 조금씩 실감이 나기 시작했다.

"작업은 주로 어디서 해?"

언젠가 서울에서의 만남 때 정숙이 문득 수현의 일에 관심을 보이며 물었다.

"나야, 집 아니면 도서관이지 뭐."

"작가는 작업실이 있어야 임대료 때문에라도 열심히 일한다더만."

"난 소심형이라 역효과만 날걸."

"검증된 얘기야?"

"사실, 그럴 기회는 없었지."

수현이 겸연쩍게 웃으며 대꾸했다.

"작업실 필요하면 얘기해라. 내가 글쓰기 딱 좋은 골방 같은 걸 서울에 몇 군데 갖고 있거든."

정숙의 제안에 솔깃했지만 수현은 이내 냉정을 되찾았다. 남의 호의를 앞뒤 가리지 않고 선뜻 받아들일 정도로 생각이 없지는 않았다.

"어차피 비어 있는 방, 거기서 좋은 작품 하나 건지면 나도 생색 좀 낼 수 있고, 누이 좋고 매부 좋은 일 아닌가."

누구라도 기분 좋게 받아들일 수 있을 법한 정숙 특유의 화법이 담긴 제안이었다.

"누이랑 매부도 이해가 갈리는 세상이라. 생각 좀 해보고."

수현은 한 걸음 물러서며 말했다. 정숙의 진정성을 의심해서가 아니었다. 세상에 공짜는 없다는 것, 그것만 깨우쳐도 세상살이에서 실패하지 않을 기준 하나는 가진 거라고 수현은 늘 생각해왔던 것이다.

"맥주나 한잔하러 가자."

가라앉은 분위기를 바꾸려는 듯 정숙이 말했다.

영훈은 정숙의 말이 떨어지기 무섭게 일어날 채비를 했고 수현은 언뜻 기차 시간을 떠올렸다. 원래는 간단하게 저녁 식사를 하고 서울행 기차에 오를 예정이었던 것이다.

"아직 초저녁인데 뭐, 막차 시간까지는 여유 있잖아."

시간 체크를 하는 수현을 보며 정숙이 말했다.

2차로 옮겨가자 밴드 모임 친구들이 하나둘씩 모여들기 시작했다. 정숙이 날린 번개 문자가 효력을 발휘한 것이다. 한 시간도 안 돼 열 명이 넘는 인원이 모였다. 정숙의 영향력을 실감할 수 있었다.

"자, 이건 맹수현 니꺼."

정숙이 가방에서 뭔가를 꺼내 수현에게 내밀었다. 목걸이용 명찰이었다. 회사원들이 거는 사원증 같았다. 졸업 앨범 사진을 확대한 흑백 증명사진 밑에 9반 맹수현이라는 이름이 찍혀 있었다. 다른 친구들도 약속이라도 한 듯 너도나도 명찰을 목에 걸었다. 모임의 정체성은 물론 끈끈한 유대감도 한눈에 보였다. 단체 모임 때는 으레 이렇게 하기로 약속이 돼 있는 모양이었다. 수현이 건네받은 명찰을 만지작거리며 자신의 사진을 들여다보고 있으니 정숙이 그걸 집어서 수현의 목에 직접 걸어주었다. 그 모습을 보고 사람들이 박수까지 치며 환호하는 바람에 수현은 당혹스러웠다.

"오늘은 니가 주인공이다."

정숙의 한마디에 수현은 더 얼굴이 화끈거렸다.

"이기 다 정숙이 아이디어다. 재밌제?"

오른쪽 옆자리에 앉은 '5반 박성철'이 자신의 명찰을 들어보이며 말했다. 중년 남자의 전형으로 보이는 그도 숱진 머리와 맑은 눈을 한 소년이 가슴에 훈장처럼 달려 있었다.

"수현이 니 책도 정숙이가 회원들한테 한 권씩 다 돌리고는 읽어보라고 숙제까지 내줬다 아이가. 난 열 페이지도 못 넘기고 잠들었다만……"

왼쪽 옆자리의 '1반 정현숙'이 한마디 하고는 깔깔거렸다. 짧은 파마머리의 전업주부인 그녀의 사진은 양쪽으로 길게 땋아 내린 갈래머리의 새침데기 여자애였다.

"야는 초딩 때부터 책을 베개로 쓰던 아라서, 니가 이해해라."

숱진 머리 소년이 덧붙였다.

"백 권 샀다 카대. 정숙이 손 큰 거 알아줘야지."

"지역 유지에 부동산 재벌 아이가."

갈래머리 소녀는 목소리를 깔았다.

수현이 몰랐던 사실들이 하나둘 나왔다.

건너편 끝자리에 앉은 정숙은 특유의 차분한 표정으로 주변 친구들 이야기에 귀를 기울이고 있었다. 많은 이들의 눈길이 정숙을 향해 있었고 가끔 그녀가 한마디 내뱉으면 다들 그 말에 기꺼이 반응하곤 했다. 삼십 년 전의 존재감 없던 아이가 지금은 그들 사이에서 조용한 카리스마를 내뿜으며 한껏 존재감을 발하고 있었다.

수현의 맞은편에는 영훈이 친구들과 잔을 부딪치며 얘기 중이었다. 취기 덕인지 영훈은 처음의 주눅 든 모습은 오간데 없고 목소리도 제법 높았다. 영훈이 잔을 부딪치고 내릴 때마다 곱상한 귀공자 타입의 열세 살 소년이 한 번씩 나타났다 사라지곤 했다. 한복을 곱게 차려입은 미모의 엄마 손을 잡고 복도를 걸어오던 곱상한 미소년도 언뜻언뜻 비쳤다.

삼십 년의 시간을 두고 이쪽과 저쪽을 시계추처럼 오가고 있으니 바이킹호를 탄 듯 현기증이 났다.

"많이 마셨나?"

어느새 정숙이 다가와 수현의 건너편에 앉았다.

"적당히, 기분 좋을 만큼."

대꾸하면서 수현은 습관적으로 휴대폰을 흘끔거렸다.

"늦었으니 오늘은 편하게 지내고 내일 올라가는 게 낫지 않겠어?"

정숙의 권유에 수현은 '막차로라도 가야지'라는 말을 하려 했으나 입안에서만 맴돌았다.

"이런 기회, 맹수현 일생에 몇 번이나 있을 거라고."

거듭된 권유에 수현은 일리 있는 말이라는 생각하며 원래 계획을 접었다. 그러자 마음이 편해짐과 동시에 묘한 열패감이 가슴을 타고 번졌다.

정숙이 수현의 빈 잔에 술을 따라주었다. 치켜든 팔 사이로 정숙의 목에 걸려 있는 사진이 눈에 들어왔다. 들쭉날쭉 단발머리 계집아이가 수현을 뚫어지게 쳐다보고 있었다. 넌 왜 나란 존재도 모르고…… 대체 왜 그렇게 사람들에게 무심했니? 라고 따져 묻고 있었다.

"김정숙, 정말 성공했네."

잔을 비우고 난 수현이 농담처럼 던졌다. 냉소와 찬사가 절묘하게 어우러진 말이었다. 원래는 고맙다는 얘기를 하고 싶었지만 취기 탓인지 엉뚱한 말이 나왔다.

정숙의 얼굴에 냉소인지 여유인지 알 수 없는 웃음이 번져갔다.

"성완수와 김정숙이 달랐던 게 뭔지 알아?"

정숙이 수현의 귀에 가까이 다가들며 물었다.

수현은 긴장했다.

"완수는 가난에 발목 잡혔지만, 난 그걸 이용했어."

어려운 문제의 정답이라도 알려주는 듯한 뉘앙스였다. 말 끝에 살짝 따라붙는 웃음에 수현은 소름이 돋았다.

"전망 끝내주네. 환상이다!"

수현이 창밖을 내다보며 감탄을 연발했다. 마침 낙조 시간이었다. 강물이 오렌지색과 황금빛이 뒤섞여 황홀한 색채로 넘실대고 있었다.

　서울에서의 마지막 만남 때였다. 헤어질 무렵 정숙은 그 근처에 있는 자신의 건물을 좀 둘러봐야 한다면서 수현에게 같이 가보지 않겠느냐고 권했던 것이다. 한강대교 초입에 있는 십층짜리 오피스 건물이었다. 정숙은 꼭대기 층 한편에 있는 아담한 사무실로 수현을 안내했다. 한강이 훤히 내다보이고 복층 구조에 테라스까지 딸린, 빈 사무실이었다. 건물 모퉁이 쪽이라 정면과 측면 조망이 둘 다 가능했다.

　"이런 데라면 글이 절로 나오겠네."

　수현이 반사적으로 중얼거렸다.

　"생각 있으면 얘기해."

　정숙의 말에 수현은 퍼뜩 정신이 들었다.

　무심코 던진 자신의 말이 오해를 불러일으킬 수도 있었음을 깨닫고 수현은 크게 손사래 쳤다.

　"실은 남 주기 아까워서 비워놓은 거였는데, 내가 쓰려고…… 멀리 있으니 그것도 쉽지 않고."

　"세놔도 임대료 수입 꽤 나오겠는걸. 이 정도면."

　수현은 실내를 한 번 더 둘러보며 찬사를 아끼지 않았다.

　"쿠바에 있는 그거, 무슨 호텔이지? 왜, 헤밍웨이가 집필하느라 오래 묵었던, 세계적인 관광 명소가 된 곳 있잖아? 가봤는데도 이름이 기억 안 나네……"

　"암보스문도스 호텔?"

"아, 맞다. 암보스문도스 호텔. 역시 작가라 다르네. 혹시 알아? 맹수현이 대박 나서 유명해지면 나도 그 덕 좀 보게 될지."

"로또 당첨 바라는 게 낫겠다."

"로또도 매번 당첨자는 나오거든. 안 그러면 또 어떠냐. 그냥, 옛 친구가 묵었다는 것만으로도 의미 있는 일이지. 싫음 말고!"

정숙이 말했다.

수현은 한강 위로 내려앉는 낙조가 펼쳐 보이는 색의 향연에 줄곧 빠져 있었다.

"위에는 브라운 계열의 렉산 유리로 차양을 치고, 여기는 원목 테이블이랑 라탄 의자 몇 개 놓고 차도 마실 수 있게 하고……"

테라스로 나선 정숙이 조목조목 자신의 계획을 펼쳐놓았다. 신혼집 둘러보는 예비신부처럼 기대와 흥분이 깃든 목소리였다. 엷은 오렌지빛을 띤 늦가을의 마지막 햇살이 정숙의 상기된 얼굴과 건물들 사이로 스러지고 있었다. 그 순간 수현은, 이 절묘한 타이밍조차 어쩌면 정숙이 염두에 둔 것인지 모른다는 생각을 했다.

술은 흘러넘치고 빈 병은 쌓여갔다. 수현은 열세 살 정숙에게 머물렀던 눈길을 삼십 년 뒤의 정숙에게로 옮겼다. 하지만 정숙은 이미 사라지고 없었다. 주위를 두리번거렸지만 정숙은 어디에도 보이지 않았다. 열두어 살 아이들이 술집, 아니 교실에 바글거리고 있었다. 탁자 위에 올라가 소리치는 아이, 엎드려 자는 아이, 도시락 까먹는 아이들이 뒤섞여 시끌벅적 난장판이었다. 정숙은 그들 속에도 없었다. 철부지 조무래기들은 자신의 상대가 안 된다는 듯 훌쩍 떨어진 곳, 문 쪽에 한 아이가 보였다. 아이는 커튼 뒤에 몸을 숨긴 채 다른 아이들을 훔쳐보고 있었다. 검은 눈동자를 또록또록 당차게 굴리며 친구들의 일거수일투족을 지켜보았다.

정숙아, 이제 제발 그만 좀 하자! 어수선한 분위기를 뚫고 애원하듯 솟아오르는 카스트라토 목소리. 영훈이다. 내가 뭘 했다고? 아직 시작도 안 한걸. 정색하듯 되묻는 소리. 대체 이런 게 뭐가 남는다고? 뭐가 남긴? 넌 지금껏 다 누려왔잖아. 항상 누리기만 했지. 궂은 건 남이 다 해결해줬지. 누구는 존재감마저 팔아치우면서 뒤치다꺼리하고…… 냉정하게 깔리는 목소리. 나라고 맘 편했을 거 같아? 이게 다 누구한테서 배운 건데? 그래, 우리 엄마! 또다시 솟구치는 카스트라토 음성. 이젠 나도 도가 텄어. 어떻게 팔아넘기고 어떻게 사들이면 되는지…… 잡힐 듯 말 듯 아리송한 이야기들이 아슬아슬 파도 타듯 오갔다. 야, 너것들 지금 소꿉놀이하나? 신랑 각시처럼 붙어 앉아 뭘 속닥거리고 있노? 누군가 비틀거리며 다가와 둘 사이를 비집고 들었다. 술병들이 와르르 쓰러졌다.

"맹수현, 일어났나? 별일 없지?"

잠결에도 전화 저편의 목소리가 정숙이라는 것, 높은 톤의 쾌활한 목소리라는 것 정도는 가늠되었다.

"이혜원 소식 알아냈다. 어제 술자리에서 누가 알려주더라고. 한국에 들어온 지 얼마 안 됐단다. 연락처 알아보는 중이니까, 일단 통화하고 그리로 가게."

전화는 이내 끊겼다. 비몽사몽이라 용건이 실감나게 와닿지 않았지만 수현 자신의 상황은 알 수 있었다. 11시를 향해 가는 시곗바늘에 정신이 번쩍 들었다. 자신이 누워 있는 이 낯설고 호사스런 곳은 바로 호텔 침대였다. 취한 자신을 누군가가 데려다 뉜 모양이었다. 전날 밤 일들이 하나둘 떠올랐지만 어디서부터 필름이 끊겼는지는 알 수 없었다. 정숙이 따라 준 잔을 단숨에 들이켰던 기억까지만 났다.

주위를 둘러보니 속옷들이 침대 위에 어수선하게 널려 있고 바닥에는 겉옷과 구두가 나뒹굴고 있었다. 고개를 돌리자 커다란 화장대 거울 속에 침대 광경이 다 비쳤다. 거울에 비친 수현 자신의 모습은 더더욱 가관이었다. 속옷까지 다 벗어 던진 몸에 명찰 목걸이만 덩그러니 목에 걸려 있었던 것이다. '9반 맹수현'이 어리바리한 표정으로 삼십 년 시간의 더께가 앉은 볼품없는 몸을 쳐다보고 있었다. 다 벗어 던진 몸에 어떻게 그것만 떨어져 나가지 않고 남은 것인지 생각할수록 의

아했다. 맹수현이라는 재고 상품에 붙은 라벨 같았다. 수현은 거울에 비친 그 어처구니없는 자신의 모습을 한참이나 들여다보았다.

*

─전화 안 받는 거 보니 작업 중인갑네. 지금 서울 가는 중이거든. 작업실 인테리어 완성됐단다. 3시쯤 지난번 한강변 사무실로 와줄래? 작가 눈썰미 한번 발휘해주라. 그리고 새로운 소식 하나 더 있다. 이혜원 찾았다! 이따 보자.

정숙이 남긴 음성 메시지였다.
오렌지색 물감에 황금 가루를 섞어놓은 듯, 낙조에 반짝이던 물결이 눈에 선했다. 수현은 또다시 그 광경 앞에 선다면 이번에는 그 속으로 텀벙 빠져들 것 같았다.

─미안, 급한 일이 생겨 못 감.

수현은 답신 문자를 날렸다.
생각해보니 정숙을 만나고 처음으로 하는 거절이었다.
휴대폰 진동음이 이내 다시 울렸다.

초친 김정숙.
수현은 휴대폰을 껐다.

거돈사지

이건 꼭 피사의 사탑 같구나. 어머니의 한마디가 떠올라서였다. 그가 목적지를 그곳으로 정한 건…… 탑은 법당 마당으로 들어서는 이들의 시선을 단번에 사로잡을 만했다. 대웅전 지붕을 훌쩍 넘어설 만큼 높았고 꼭대기는 청동과 황금으로 장식돼 있었다. 층마다 모서리에 풍경까지 달려 있어 석탑으로는 드물게 화려했다. 아름드리 전나무 행렬의 긴 숲길을 지나면 그곳에 닿았다. 그는 기대를 안고 전나무 숲길을 걸어 사천왕상이 양옆에서 위협하듯 버티고 선 출입문을 지나 법당 마당에 들어섰다.

기대는 빗나갔다. 공교롭게도 탑은 보수공사 중이었다. 관광지에서 흔히 볼 수 있는 일이지만 하필 문제의 그 탑이라니…… 좋아하는 배우의 연기를 보려고 극장에 갔는데 대역이 하는 공연을 봐야 할 때처럼 맥이 빠졌다. 우뚝 선 구층 석탑은 철제 봉들이 사방에서 탑신 외부를 굳건하게 받치고 있고 층층마다 철물로 촘촘하게 연결돼 있었다. 치아교정기가 연상되었다. 치열을 고르게 하기 위해 이빨 하나하나를 고정시키고 전체를 연결해 조이는 쇠줄처럼 탑도 맨 아래에서 꼭대기 층까지 연결해 탑 전체를 철제 봉으로 고정시켰다. 그런 탑신을 녹색 안전망이 전체적으로 한 번 더 에워싸고 있었다. 사탑 여부를 확인할 방법은 없었다. 어머니가 가리킨 탑은 정말 약간 기울어 보였다. 그때만 해도 그는 카메라의 수평을 제대로 못 맞추었거나, 법당 지붕의 선과 뒤에 있는 산의 능선이 만들어낸 착시현상으로 여겼다.

살짝 기운 모습이 꼭 법당에서 흘러나오는 염불 소리에 귀 기울이고 있는 것 같지 않니. 어머니의 해석은 아들과 달리 시적이었다. 보수공사는 어쩌면 기울어진 탑을 바로잡기 위한 게 아닐까. 그런 생각이 들자 그 일이 사탑의 매력을 모르는 이들에 의한 탁상행정처럼 여겨져 실소가 났다. 곰곰 되짚어보니 어머니 말이 실제 탑을 염두에 둔 것인지 사진을 일컫는 것인지도 헷갈렸다. 사진은 형이 찍은 것이었다. 절 마당의 탑 옆에 어머니와 형수로 보이는 두 여자가 고목 옆 잡초처럼 서 있었다. 탑을 담는 사진 작업에 우연히 끼어든 불청객처럼…… 가족 나들이 사진에서도 형은 사람을 소품 취급하는 작가적 습성을 버리지 못했다. 인간의 왜소함을 과장해서 드러내는 게 형의 젊은 시절 작업의 주제였다. 자연 속에서 그 장면을 포착하느라 한때 히말라야와 극지방, 열대의 정글을 거침없이 오갔다. 그가 가장 좋아했던 사진은 아프리카 초원에서 낙조를 배경으로 찍은 것이었다. 앞에는 포효하는 사자가 날카로운 이빨을 드러내고 있고 멀리 뒤쪽으로는 고사목 사이에 걸린 해먹에 원주민이 누워 있는 실루엣이 황혼을 배경으로 펼쳐져 있었다. 사자 뒤의 나무와 나무 사이에 걸린 해먹 위의 사람은 동물에 빗대자면 기껏 다람쥐 정도의 존재감이었다. 형의 의도를 정확히 알 수는 없었지만 그의 눈에는 더없이 평화로워 보이는, 해 질 무렵 아프리카 초원의 풍경이었다. 사자와 사슴이 코앞에서 서로 무심히 오가기도 한다는 초원의 일상은, 편집된 「동물의 왕국」에 길들여진 사람들에게는 상상이 어려울 터였다. 배부른 동물은 절대 사냥하지 않는다는 야생의 법칙을 익히 알고 있음에도……

 a, 다시 한 번 부탁해. 형의 사진 스타일을 잘 알고 있는 형수는 번번이 자신의 디지털카메라를 시동생인 그에게 넘겨주었다. 그럴 때마다 그는 보란듯 얼굴을 클로즈업한 사진을 찍어 건넸다. 연극배우 출신인 형수는 표정 연기가 빼어나 사진이 더 빛을 발했다. 인물 혹은 성격에 집착하는 자신의 성향이 어쩌면 직업적 특성이 아니라 형의 영향 때문일 수도 있다는 생각이 가끔 들었다.

—아 뭐해, a형!

갑작스런 외침에 그는 멈칫했다. 자신이 후배1과 2를 이곳으로 안내해 왔다는 생각도 잊은 채 지난 기억에 빠져 있었던 것이다.

—이쯤에서 인증 샷 하나 남겨야겠지.

후배1은 그에게 기념사진을 부탁하고 이곳에서는 탑을 배경으로 서는 게 정답이라는 듯 후배2와 함께 탑 앞에서 포즈를 취했다. 그들 뒤로 보수 중인 탑이 보였다. 파인더를 들여다보며 그는 이리저리 방향을 바꾸어보았다. 철제 봉과 안전망에 둘러싸인 탑을 담고 싶지 않아서였다. 법당 지붕의 처마선과 두 인물을 부각시키며 감쪽같이 탑을 피해 가려 했지만 높이 솟은 꼭대기 부분까지 피하기는 어려웠다.

—저쪽으로 서는 게 어때?

그는 폰을 내리며 법당 앞 계단을 가리켰다.

후배1은 작품 사진 찍는 것도 아닌데 까다롭게 군다며 투덜거렸고 후배2는 말없이 대웅전 앞으로 자리를 옮겨갔다. 같이 작업을 할 때도 후배2는 후배1과는 달리 고분고분 연출의 지시를 잘 따랐다. 아주 가끔씩 엉뚱한 고집을 부릴 때도 있긴 했지만······

—이게 더 촌티 작렬 아냐? 수학여행 온 고딩도 아니고. 촌에 짱박혀 있더니 형도 감각이 영······

후배1은 구시렁거리며 법당 앞 돌계단에 올라섰다.

그도 처음엔 너무 교과서풍이 아닐까 싶었지만 옆에 서 있던 여행객들 대화가 힘을 실어주었다. 저 현판 글씨가 탄허 스님 필체래. 그는 처음으로 현판 글씨를 주의 깊게 보았다. 여느 절의 법당 현판처럼 '대웅전'이 아닌 낯선 한자가 씌어 있었다. 됐어. 거기다 귀동냥한 이야기만 보태면 기념사진으로 손색없을 것 같았다. 그는 현판을 중심으로 시니컬한 표정의 꽁지머리 후배1과, 웃으면 수줍은 듯한 미소가 부네탈을 연상시키는 후배2를 사진에 담았다.

—탄허 스님?

꽁지머리와 부네는 현판 관련 얘기를 전해 듣더니 바로 지식검색에 들어갔다. 그걸 보며 그는 제대로 된 기념사진이었음을 확신했다.

적당한 배경을 찾느라 그는 주변을 살폈다. 사람들로 붐벼 편하게 기념사진을 찍을 상황도 아니었다. 유명 관광지 사찰인데다 휴일이라 초입부터 관광객으로 북적였다. 이리저리 가상의 앵글을 들이대던 그는 절이 이전과는 뭔가 다르다는 걸 느꼈다. 처음엔 사람들로 북적거려 그런가 싶었지만 그 때문만은 아니었다. 예전에는 법당 앞마당에 서면 시야가 탁 틔었던 기억이 났다. 형의 사진에서는 날렵한 처마 선을 따라 산의 능선이 이어지면서 푸른 하늘이 시원하게 펼쳐졌다. 단청과 처마 선으로 이어지는 하늘을 담으려 해도 번번이 다른 전각의 지붕이나 처마가 비집고 들었다. 어느 곳을 향해 각을 잡아도 마찬가지였다.

찬찬히 보니 전각 건물들 지붕도 다 새 기와를 얹어 보수를
한 것이었고 새로 지어진 건물도 있었다. 마당에는 새로 유입
된 석상도 많았다. 세월의 더께가 묻어나는 거무스레한 이전
것들과는 달리 돌 표면부터 희고 멀끔한 게 신입티가 역력했
다. 그는 관광객들로 북적이는 마당을 훌쩍 벗어나 요사채가
있는 쪽으로 옮겨갔다. 거기서 다시 법당을 바라보았다. 멀리
서 보니 건물의 기둥, 지붕과 처마 선들이 겹을 이루었다. 파
인더에는 겹겹의 건물 실루엣이 '첩첩 산'을 연상시키듯 잡혔
다. 절 마당이 새로 지은 건축물로 점점 좁아지고 있었다. 다
투어 건물을 지어대는 대학 캠퍼스 같았다. 입구에 들어설 때
부터 그랬다. 행사 안내용이나 문화 관련 프로그램 홍보용 플
래카드가 나무 곳곳에 걸려 있었다. 산사의 고즈넉함을 원했
던 그로서는 속세나 다름없는 활기가 거슬렸다.

절이라고 세상과 담쌓으려 들면 되나. 중생들한테 다가서
려는 게 부처님 뜻이겠지. 어머니라면 그렇게 받아들였을 것
같았다. 노년에 접어들어서도 어머니는 변해가는 세상에 낙
관적이었다. 불교 신자도 아니었고 교육을 많이 받은 사람도
아닌 평범한 가정주부로 한평생 살아왔어도 어머니의 혜안은
남다른 데가 있었다. 남들과 다른 길을 택한 남편과 자식들을
이해하기 위해 평생 치러야 했던 인내와 긴 외로움의 결과 아
니었을까. 지난 몇 달간 그가 고향집에 머물며 어머니 유품을

들여다보며 든 생각이었다. 이전에는 어머니의 남다른 혜안을 으레 모성애로 귀결시켰다. 사실 그때까지 어머니를 한 사람의 인간으로 본 적도, 그 삶에 대해 깊이 생각해본 적도 없었다. 그런 깨달음 역시 어머니가 떠난 빈집에서의 일이었다.

*

—헐!

꽁지머리 후배가 눈앞의 광경에 어이없어 하는 반응을 보였다.

드넓은 평지에 웃자란 풀들이 지천이었다. 언뜻 보면 잡초로 뒤덮인 공터 같았다. 그나마 한쪽에 우뚝 서 있는 탑 하나가 그곳이 방치된 공터만은 아님을 알려주었다. 전형적인 삼층 석탑 모양을 한 탑은 앞서 들렀던 명승지의 구층탑에 비하면 단순하고 소박한 모습이었다. 넓은 절터에 온전한 모습으로 남아 있는 유일한 유물인 그것은 넓고 횅한 폐사지를 묵묵히 지키고 있는 파수꾼 같았다.

—우릴 여기 데려오려고 그렇게 닦달한 거야?

꽁지머리가 억울하다는 듯 따졌다. 술자리를 계속 이어가고 싶어 하던 그를 a가 더 좋은 곳이 있다며 이곳으로 유인했던 것이다.

—그러니까 여기가 바로 그, 절도 중도 없다는, 터만 남은 폐사지군요. 술맛 제대로 나겠는 걸요 a선배.

부네는 기특하게도 그의 의도를 깊이 헤아려주었다.

—이놈은 역 앞 벤치에서 마셔도 감지덕지야. 행인과 노숙자를 술친구로 생각하며 마신다니까. 전쟁터에 끌려가도 생사를 넘나드는 경험을 할 수 있는 기회라며 좋아할걸.

꽁지머리는 부네의 타고난 낙천성을 비꼬았다.

—그러다 총소리 한 방에 놀라 누구보다 먼저 줄행랑칠 놈이죠.

부네가 자신에 대해 한마디 보탰다.

꽁지머리와 부네는 a가 한때 유명 극단의 전속 연출가로 있을 때 입단한 연극배우 동기였다. 꽁지머리가 두 살 더 많고 성격도 극과 극이었지만 바늘과 실처럼 붙어 다니는 찰떡궁합이었다. 일의 성격상 a는 그들과 동고동락하는 한시적 가족이나 다름없었다. 그렇게 시작한 인연이 칠 년을 넘어서고 있었다. 꽁지머리의 불평에도 아랑곳없이 그는 묵묵히 절터 마당으로 걸음을 옮겨놓았다. 앞서 들렀던 유명 관광지의 절은 결국 이곳에 이르기 위한 관문이 된 셈이었다. 애당초 예정에 없던 이 폐사지가 갑자기 떠올랐던 건 어수선했던 그곳 분위기 탓이 컸다. 번잡한 도심에서 한적한 휴양지로 옮겨온 기분이었다.

언뜻 보면 드넓은 초지처럼 보이는 폐사지이나 찬찬히 보면 절의 배치를 또렷이 확인할 수 있는, 발굴 작업이 꽤 잘되어 있는 곳이었다. 무성한 풀들 사이로 건축물이 있었던 흔적이 곳곳에 남아 있었다. 삼층 석탑 다음으로는 금당 터로 보이는 돌로 된 기단이 눈에 가장 잘 띄었다. 돌로 만들어진 평평하고 넓은 기단이 터의 중심에 반듯하게 자리 잡고 있었다. 기단의 크기로 미루어 꽤 규모 있는 사찰이었음을 알 수 있었다. 어머니를 따라와 처음 알게 된 곳이었다. 마지막 요양원 면회 때도 어머니는 이곳을 보고 싶어 하셨다. 여길 오면 일단 몸을 낮추게 되더구나. 어머니는 굽은 허리를 더 숙였다. 걸음도 이렇게 느려지고 말이지. 그때는 쇠약해진 당신의 기운을 그런 식으로 둘러대는 거라고 생각했다. 사라지거나 깨지고 흩어진 것투성이의, 스산하면서도 시선을 가라앉히는 세계, 그것이 폐사지였다. 흩어진 것과 깨진 것들을 퍼즐처럼 꿰맞추고 사라져버린 것을 떠올리느라 느릿느릿 달팽이걸음이 될 수밖에 없는 곳……

—우린 형이 삼년상 치르는 줄 알았네. 장례식 끝나고도 계속 감감무소식이라.

꽁지머리가 아름드리나무의 굵직한 뿌리를 벤치 삼아 걸터앉으며 말했다.

축대 담장을 끼고 서 있던 고목은 그 뿌리가 절터 마당을 뚫고 사방으로 뻗어 있었다. 바위와 땅을 비집고 울퉁불퉁 뻗어 나온, 화석처럼 단단해 보이는 뿌리는 나무인지 돌인지 구분조차 어려웠다. 짙고 넓은 그늘을 드리우고 있는 거목의 자태에서 천년 세월의 무게가 뚝뚝 묻어났다.

―까마득하게 높은 조상님 무릎에 앉는 기분인데요.

부네가 황송해하며 말했다.

―이 고목은 절이 지어질 때부터 사라질 때까지 모든 걸 꿰고 있겠네.

―못난 나무가 선산 지킨다고, 이 나무는 그때 재목감이 못 된 모양이지?

꽁지머리가 미심쩍은 눈으로 나무를 바라보았다.

―그러니까 이렇게 뒤늦게 빛을 발하는 거겠지.

그는 뿌리에서 줄기를 거슬러 가지에 이르기까지 나무를 찬찬히 뜯어보았다.

―그나저나 형은 언제 컴백하실 건데?

꽁지머리는 다시 그에게로 관심을 돌렸다.

―이 나무가 천년 동안 지켜본 갖잖은 일들이 얼마나 될까.

대답 대신 그는 계속 나무에 관심을 보였다.

―이 나무 이파리만큼 되지 않을까요? 그동안 떨어져 나간 것들까지 포함해.

―둘이 죽이 척척 잘 맞네.

꽁지머리가 비죽거리며 둘을 흘겨보았다.

후배의 핀잔을 들으며 그는 서울 떠난 자신의 생활이 삼 개월째 접어들고 있으니 다들 궁금해할 만하다고 생각했다. 그들의 갑작스런 방문도 그것과 무관치 않아 보였다.

　―처음에는 집안 정리로 늦는 줄 알았어요. 한 달이 지나면서는 새 작품을 시작했나 보다 생각했고요. 두 달이 넘도록 연락이 없자 뭔가 심경의 변화가 생긴 게 아닐까 다들 걱정하더라고요.

　부네가 덧붙였다.

　작품 하나가 끝나고 새 작품이 시작되기 전 극단 스태프들 신상에 변화가 있는 건 낯선 일도 아니었다. 작가든 배우든 연출가든, 재능의 한계를 절감했거나 생활고에 지쳤거나 또는 가족의 반대나 불안한 미래를 견디지 못해서 등등, 무대를 떠날 수밖에 없는 타당한 이유는 차고 넘쳤다. 대학로의 환경이 어려워지고 있는 현실은 어제오늘의 일이 아니었다. 그 역시 펜만 놓으면 바로 실업 상태의 자연인으로 돌아서는 비인기 작가에 불과했다. 자신의 거취 문제가 누군가에게 미칠 영향 역시 미미하다는 것도 잘 알고 있었다. 주변 사람들의 관심은 어쩌면 최소한의 인간적 예의에 해당하는 것일 수도 있었다.

　―앞으로도 계속 여기서 이렇게 지낼 건 아니죠?

　부네가 특유의 겸연쩍은 미소와 진지한 어조로 물었다.

　―그러기야 할라고. 이건 귀농도 귀촌도 아니잖아.

　꽁지머리가 그를 대신해 나섰다.

　―일시적 귀향, 아닌가?

부네는 좀더 적절한 단어를 골랐다.

—내가 보기엔 귀향도 아닌 거 같아. 그냥 귀차니즘이야.

꽁지머리의 말장난에 a는 고개를 끄덕였다.

어머니 부고를 받을 무렵 a 자신의 처지가 사실 그랬다. 무기력증 그 자체였다. 만사가 시들했다. 야심차게 만들었던 마지막 작품마저 별다른 반향을 일으키지 못했던 것이다. 정부지원금이 있어 손실은 피할 수 있었지만 배우나 작가나 극단 대표, 어느 누구에게도 의미가 있는 공연은 아니었다. 기획부터 극본, 연출까지 맡았던 그로서는 책임에 따른 자존감의 상실이 컸다. 한 작품이 끝나면 반응이 좋든 나쁘든 새 작품에 대한 의욕이 생기곤 했는데 이번은 그렇지 않았다. 한계에 부딪친 느낌이었다. 성공적인 변신을 했던 형이 부러웠다. 사실 자신과 비교하면 형은 훨씬 좋은 조건이었다. 자신에겐 형처럼 그럴듯한 선택지가 있는 것도 아니었다. 이러지도 저러지도 못하고 있을 때 어머니의 부고가 날아든 것이다.

—건 그렇고, 내가 정말 이 판을 떠날 거라고 생각했어?

a가 후배들을 돌아보며 물었다.

—아니, 전혀! 형이 어떻게 떠나. 나서봐야 갈 데가 어딨다고…… 아무리 배우 아닌 작가라 해도 젊은 우리랑은 처지가 다르잖아.

꽁지머리의 신랄한 입담은 지칠 줄 몰랐다.

—근데 너, 나보다 새치 더 많은 거, 알고는 있냐?

그는 꽁지머리의 옆머리를 짐짓 안쓰럽게 들여다보았다.

—아이 씨, 진짜, 선배라는 게.

꽁지머리가 두 손으로 황급히 머리를 가리며 그를 흘겨보자 그는 제대로 한 방 먹였다는 듯 흡족한 표정을 지어 보였다.

—그나저나 선배, 술은 어디서 마시죠?

부네가 편의점에서 사 온 술과 안주가 든 비닐봉지를 들어 보였다.

그는 마당 가운데쯤에 있는 금당 터 기단을 고갯짓으로 가리켰다.

—아, 저기가 딱이네.

단짝 술친구이기도 한 꽁지머리와 부네는 술이 고팠다는 듯 서둘러 자리에서 일어났다. 둘은 앞서거니 뒤서거니 잡풀 무성한 마당을 가로질렀다. 해도 조금씩 기울고 있었다. 의연하게 서 있는 삼층 석탑 위로 오렌지빛 햇살이 비쳐 들어 황토색 탑이 황금빛으로 물들어갔다. 꽁지머리와 부네가 헤치고 가는 풀밭도 서서히 황금물결로 일렁였다. 둘의 걸음이 향하는 금당 터 기단이 아득한 제단처럼 보이고 잡초 무성한 마당은 태초의 밀림처럼 보였다. 그는 천년 나무의 가지 끝에 걸린 하늘로 시선을 돌렸다.

이것이 회랑이 있었던 흔적이라지. 바닥에 일정한 간격으로 얼굴을 디밀고 있는 돌을 가리키며 어머니가 말했다. 회랑은 임금님 행차가 있던 큰 절이었다는 증거라더만. 어머니는 틈틈이 어디선가 읽었거나 전해 들었을 법한 정보를 오래전 어린 아들을 박물관에 데리고 다닐 때처럼 하나씩 들려주었다. 엄마의 얘기보다 박물관 앞 제과점 단팥빵 생각에 골몰해 있던 어린 시절과 달리, 그는 어머니가 가리키는 것을 눈여겨 보느라 번번이 허리를 굽혀야 했다. 절이 아닌 절터에서는 뭐든 유심히 보아야 했다. 그러지 않으면 놓치기 십상이었다. 식물의 뿌리나 넝쿨의 끈질긴 생명력이 뭐든 닿는 대로 옭아매기 때문이었다. 잉카나 앙코르와트도 그랬다. 긴긴 세월 숲과 덤불이 그악스럽게 움켜쥐고 있던 것을 어느 순간 인류의 유산으로 우리 앞에 토해놓은⋯⋯ 누군가의 집념이 가져온 결정적 계기가 없었다면 잉카도 앙코르와트도 영원히 묻힌 채 화석이 되었을 것이다.

노후 생활에 몇 안 되는 즐거움 중 하나가 이곳을 찾는 일이었다고 어머니는 털어놓았다. 노인네가 청승스럽게 폐사지라니. 처음에는 그런 생각부터 들었다. 형 내외도 더러 어머니와 동행했을 터였다. 타고난 방랑벽으로 온 세계를 떠돌던 다큐멘터리 사진작가 아들은 늦은 결혼을 계기로 변신해 장남 역할에 더없이 충실했다. 자유로우나 불안정한 작가의 삶 대신 제도권으로 자리를 바꿔 앉은 일이 결정적이었다. 형수는 a의 연극반 선배였다. 형과 인연을 맺어준 디딤돌 역할도 그가 했다. 극단 소속 배우였던 그녀 역시 늦은 결혼과 함께 고단한 무명 배우 생활을 마감했다. 젊은 날의 꿈은 많은 이

들에게 삶의 한 부분을 채우고 다른 삶으로 나가게 하는 계기
가 되기도 했으나 a 자신에겐 그 꿈이 여전히 현실이었다.

꿈이 현실이라는 건 간단하게 말할 수 있는 상황이 아니었
다. 좋아하는 일을 한다는 일차적 위안에서부터 물질적 곤혹
에 이르기까지 온갖 문제를 품고 있는 삶의 한 형태였다. 꿈
을 향해 뛰어들 때는 다들 그 분야 최고의 롤모델을 떠올리지
만 정작 현실은 마라톤에서처럼 완주조차 쉽지 않은 상황에
처해지면서 결국 '살아남는 자가 강한 자'라는 말을 절감하게
마련이었다.

장례를 끝내고 그는 고향집에 머물렀다. 어머니의 죽음이
가져온 충격에 얼떨결에 치른 장례식이어서 심신도 추슬러야
했다. 무엇보다 서울로 돌아가 일에 복귀할 엄두가 나지 않
았다. 빈집에 머무는 내내 이상하게도 그는 노모와 함께 있
는 기분이었다. 어머니의 손길이 집 안 구석구석 너무도 생생
하게 살아 있었다. 다락방 속에 오래 잠들어 있었던 앨범하며
가족의 손때가 묻은 것들이 어머니의 손을 거쳐 윤기와 온기
를 지닌 채 새로운 존재감으로 자리하고 있었던 것이다. 언제
해놓은 것인지, 거실 한쪽 벽면을 다 차지하고 있는 거실장에
는 가족들의 자료와 기록들이 완벽하게 정리돼 있었다. 종군
기자로 먼 이국땅에서 생을 마감했던 아버지의 특종기사에서
부터 큰아들의 작품 사진들, 막내아들의 등단 희곡작품과 공
연 일정 신문 기사까지 빠짐없이 스크랩되어 있었다. 놀라웠

다. 등단 소식과 첫 작품이 무대에 올랐을 때 외에는 어머니에게 자신의 일을 알렸던 적이 한 번도 없었던 것이다. 대체 어머니는 어떻게 그 세세한 정보들을 다 알고 수집했던 걸까. 어머니의 스크랩북을 들여다볼수록 그 일은 남편 혹은 자식을 통한 대리 만족 정도의 일이 아니라 어머니 고유의 작업처럼 보였다. 이를테면 형이 찍은 사진들도 그저 정리해서 보관하는 것에 그치지 않았다. 같은 장소의 사진들도 봄여름가을 겨울 사진을 한곳으로 옮겨와 시간의 흐름을 한눈에 볼 수 있도록 편집이라는 재구성을 거친 것이었다. 각자 자신의 성장 과정을 볼 수 있도록 두 아들의 앨범을 육아 시절부터 따로 만들어놓기도 했다. 사진은 어머니가 직접 찍은 것도 많았다. 아버지 직업 덕에 집안에 카메라가 많았고 일찍부터 다들 그것을 다루는 일에 익숙했다. 어머니는 작은 가족용 도서관을 하나 남겨놓았던 것이다. 엄청난 유산이었다.

*

　—선배, 있잖아요.
　세 병째 소주가 바닥을 보일 무렵 부네가 취기에 젖은, 하지만 특유의 진지함을 잃지 않은 목소리로 말을 꺼냈다.
　맥주 한 캔이 주량인 그는 캔 하나를 비우면서 약간 알딸딸

해 있었다.

—저, 이제 새로운 길로 가보려고요.

부네는 여전히 느리고 조심스런 어조였다.

—형, 이놈 공무원 된대. 9급.

꽁지머리가 단도직입적으로 하는 말에 그는 정신이 번쩍 들었다.

—대한민국 대학생 절반이 한 번씩 생각해본다는 그 공시 족 얘기야?

—공시족도 넘어서서 벌써 합격했다니까. 9급. 보건직.

뜻밖의 소식에 그는 주춤했다.

—그동안 틈틈이 준비해, 시험을 한번 봤거든요. 별 기대는 안 했는데, 합격이래요.

부네는 고해성사라도 하듯 말했다. 합격이 아니라 불합격 소식을 알리듯 면목 없어 하는 목소리였다.

—오, 그래? 축하할 일이네.

얼떨떨해하면서도 그는 자신의 도리를 잊지 않았다.

—축하할 일이긴 하지. 일회용 컵라면 대신 철밥통이 생기 는 셈이니까.

꽁지머리가 냉소하듯 덧붙였다.

그제야 a는 후배들이 자신을 찾은 진짜 이유를 깨달았다. 자신의 문제 때문이 아니었던 것이다. 뜻밖의 소식에 그는 내 심 당혹스럽기도 했다. 진로 변경이야 더러 있는 일이지만 부네가 그럴 거라곤 상상도 못한 일이었다. 지금껏 부네는 묵묵히 자기 자리를 지켜온 가능성 있는 배우 중 하나였던 것이다. 연기에 대한 열정도 남달랐다. 실력도 갖췄지만 아쉬운 건 큰 무대의 행운을 아직 못 만나고 있다는 것. 본인으로서는 초조하기도 할 터였다.

a는 꽁지머리가 더 걱정이었다. 실이 빠져나가고 남은 바늘은 어떻게 제자리를 지킬지.

—우리 어머니와의 고별식도 마무리 못했는데 또 이런 일이 닥치네……

그는 새 캔을 하나 더 땄다.

—선배, 죄송해요.

—죄송할 정도가 아니라 죽을죄를 지은 거지, 야.

꽁지머리가 대뜸 받아쳤다. 그러고는 담배를 챙겨 들었다. 담배 옆에 놓인 빈 소주병이 벌써 네 개였고 그 옆에 쭈그러진 맥주 캔도 하나 놓여 있었다.

꽁지머리는 담배를 들고 기단의 가장자리로 가서 서더니 사방을 쭉 둘러보았다.

해 넘어가기 직전이었다. 삼층 석탑이 파수꾼처럼 우뚝 하늘을 향해 서 있었고 석탑 더 너머에는 천년 묵은 느티나무가 원조 파수꾼처럼 놓여 있었다. 탑도 아름드리 고목도 이 모든 걸 다 지켜보고 있었다.

—잡초투성이여도 여긴 일단 시야가 확 틔어 좋네. 야—

호! 좋—다!

꽁지머리가 산 정상에라도 오른 듯 환호를 질렀다.

여름의 막바지라 저녁 공기에는 벌써 가을 기운이 묻어나고 있었다. 하늘 한쪽에는 달이 희미하게 보였다.

—어제가 보름이었으니, 오늘은 꽉 찬 만월이겠다. 절묘한 타이밍에 왔어.

한동안 그는 멍하니 달을 올려다보았다. 뭐든 너무 이르거나 너무 늦게 일어나는 일투성이라고 생각하는 그에게 달은 그렇지 않다고 일깨워주는 것 같았다. 모든 건 제때 일어나는 거라고, 단지 사람들이 게으르거나 성급해 시간을 못 맞출 뿐이라고, 그 간극이 가져온 불편을 회상이나 회한 같은 것들로 메우는 거라고…… 어머니의 죽음 역시 그럴지도 몰랐다. 가족들은 놀라고 당혹해했지만 당신 자신은 제때 모든 걸 내려놓으신 것 같았다. 그야말로 '떠나야 할 때'를 정말 정확히 알고……

요양원으로 가기로 했다. 나직하면서도 결단력 있는 목소리로 어머니가 말했다. 암 진단을 받고 두 달 뒤 일이었다. 자식들에게 짐을 지우지 않겠다는 오랜 소신에 따른 결정이었다. 갑작스런 통보에 다들 할 말을 잃었다. 긴 세월, 외로움과 싸우며 스스로를 단련시켜온 삶에서 어머니는 노인답지 않은 강인한 정신력을 보였다. 누구도 어머니의 결심을 되돌릴 수 없었다. 집을 떠나 요양원으로 들어간 지 구 개월 만에 어머니는 생을 마감했다. 사인은 약물 과다 복용. 여든을 넘긴 노모의 죽음 앞에 가족 누구도 의심이나 격한 반응을 보이지 않았다. 그가 보기에도 어머니의 죽음은 낙엽이 바람에 떨어지듯 자연스러워 보였다. 어머니 스스로 오랫동안 치밀하게 준비해온, 안락사에 가까운 자살일 거라는 심증은 그가 고향집에서 지내는 동안 확신할 수 있었다. 요양원으로 들어가기 전 어머니는 모든 걸 정리해놓았던 것이다.

처음엔 섬뜩했다. 진열장 맨 아래 칸은 어머니가 그동안 써왔던 일기장들로 빼곡했다. 일기 속에서 그는 어머니라는 낯선 인물과 날마다 마주했다. 자신이 알고 있었던 어머니는 얼마나 단순하고 관습적인 시선에 의한 것이었는지 뼈저리게 실감했다. 습관과도 같은 성실함으로 쓴 일기였다. 빠진 날짜를 거의 찾아볼 수 없었다. 놀라웠다. 일기를 썼다는 건 단 하루도 글을 쓰지 않은 날이 없었다는 얘기였다. 작가인 그도 실천하기 어려웠던 일 아니었던가. 하루하루 습관처럼 성실하게 채워나가는 삶의 실체 앞에서 그는 연신 채찍을 맞는 기분이었다.

—그래, 지금이 딱 적기다. 새롭게 시작하기에는.

그는 부네의 선택에 힘을 실어주는 말을 한 번 더 했다. 동시에 그건 자기 스스로에게 하는 다짐, 아니 최면이기도 했다.

—근데 왜 하필 9급 공무원이냐. 연극배우 출신 9급 공무원, 이거 어울려?

꽁지머리가 또다시 불만을 토했다.

—9급 공무원 출신 유명 소설가도 있잖아.

그가 대신 나섰다.

—그건 9급에서 소설가로 변신한 거고, 이건 그 반대잖아, 형.

—반대 경우가 더 많을걸.

꽁지머리는 다시 담배를 들고 일어나 이번에는 불상 좌대 곁으로 옮겨가 섰다. 한때 불상이 놓여 있었을 것 같은 좌대는 지금은 군데군데 깨져나가 사각이 아니라 바위처럼 원형을 이루고 있었다. 좌대는 꽁지머리의 키보다 높았다. 그 위에 돌로 만든 불상이 떡하니 자리하고 있었을 것이다. 꽁지머리는 좌대에 비스듬히 등을 기대고 서서 담배 연기를 허공을 향해 뿜어냈다.

어둠이 깊어지면서 달은 점점 환해오고 있었다.

—이 좌대는 떠받치고 있던 돌부처가 사라지고 나자 얼마나 홀가분했을까.

꽁지머리가 불상 좌대를 팔꿈치로 툭툭 치며 말했다.

—하긴 반평생 홀몸으로 살아오신 우리 어머니도 언젠가 당신의 삶을 빗대 그러시대. 아버지의 빈자리가 한때는 더없이 허전했지만 언젠가부터는 그렇게 자유로울 수 없었노라고.

그는 달빛이 내리비치는 마당을 보며 말했다. 하고 나니 그 말이 어머니께 들은 말인지 일기 속 한 구절인지 헛갈렸다.

―형은 이제 입만 열면 사모곡이구나.

꽁지머리가 피식 웃으며 말했다.

그 말이 그에게는 어머니 그늘에 여전히 머물러 있는 자신을 꼬집는 말처럼 들렸다.

―그 돌부처도 사라질 수밖에 없는 이유가 있었을 거예요.

묵묵히 술잔을 기울이고 있던 부네가 모처럼 한마디 했다.

―그래. 돌부처도 아마 나라의 부름을 받고 나섰을 거다. 국가의 녹을 먹으려면 할 수 있어? 7급이든 9급이든.

꽁지머리의 대꾸가 다시 신랄해졌다.

―결단도 보통 용기로는 안 되지.

그가 다시 추슬렀다.

못다 이룬 꿈에 대한 미련을 못 버리는 이들도 주변에는 많았다. 이러지도 저러지도 못한 채 변신의 기회마저 놓쳐버리는 안타까운 경우도 있었다. 결별이 아쉽긴 해도 그는 변신의 기회를 가진 후배를 축복하지 않을 수 없었다. 그런 면에서는 부네처럼 형도 성공한 경우였다. 현실과의 타협으로 보였던 그 선택이 갈수록 불가피한 결정으로 보였다. 자신이 형과 다른 점이라면 선택지가 없다는 사실이었다. 자신의 일을 벗어나 할 수 있는 게 아무것도 없었다. 어떻게 보면 그것 역시 버틸 수 있는 힘이었다. 부네도 형도 다른 길을 선택할 행운이 주어졌다면, a 자신에게는 한길밖에 갈 수 없는 불가피함이라는 행운이 주어진 것이다.

―선택지가 없다는 것도 축복이라는 걸 깨닫게 될 날이 올 거야.

그가 달을 바라보며 중얼거리듯 말했다.

꽁지머리가 그 말을 들었는지, 들었다면 제대로 이해했는지, 그건 알 수 없었지만 그는 갑자기 기단 한쪽 끝에서 다른 쪽 끝까지 빠른 걸음으로 오가기 시작했다.

　―그러고 보니 여기가 딱 무대로 안성맞춤이네!

새로운 발견을 했다는 듯 꽁지머리가 흥분해 외쳤다.

　―정말, 그야말로 국립극장 달오름 무대 뺨칠 정도네요. 달이 이렇게 환하게 비춰주고 있으니.

부네도 감탄 어린 목소리였다.

　―저기는 「고도를 기다리며」 무대로 딱이겠다.

그가 고목 쪽을 가리키며 말했다.

　―크, 배운 도둑질 남 못 준다더니, 다들 원.

　―선배 롤모델이 베케트였죠?

부네가 그를 쳐다보며 물었다.

　―옛날 얘기지.

　―롤모델도 바뀌나?

　―세상에 안 변하는 게 뭐가 있다고.

　―롤모델이 누구로 바뀌었는데요?

　―일급비밀.

　―누굴까요? 베케트에 버금갈 만한 사람이…… 한트케?

―천만에.

―이오네스코?

―설마.

―브레히트?

―노.

―유진 오닐?

―이윤택?

―배삼식?

꽁지머리와 부네가 번갈아가며 유명 작가를 댔지만 그는 계속 고개를 저었다.

―절대 못 맞힐 거다.

―a 선배?

―아직 세상에 나오지 않은 작가 아냐?

―그럴 수도 있지.

―작가도 아니네 그럼.

―세상에 안 알려졌다고 그렇게 말할 순 없지. 한 사람이라도 그 글을 읽고 진실로 감동과 영향을 받았다면…… 언젠가는 그런 작가를 주인공으로 한 작품을 무대에 올릴 거야.

―작품 속 인물이고나.

그제야 꽁지머리는 어깨를 으쓱하며 포기하는 시늉을 했다.

사실 대답한다 해도 수긍은커녕 사모곡 타령이라며 핀잔이나 들을 게 뻔했다. 무엇보다 그는 세상에 섣불리 내놓고 싶지 않았다.

—건 그렇고, 이 환상의 달오름 무대에서 해오름을 위한 고별 무대 한판 벌이는 거 어떻겠어?

그가 문득 제안했다.

—관객도 없는데?

—저 천년 묵은 어르신이 계시잖냐.

—오백 살 묵은 석탑님도 계시고요.

—저 하늘의 달님은 조명 담당.

—형은 관객5.

—그럼, 즉흥극으로 한판 벌여볼까요?

부네가 선뜻 나섰다. 그러고는 불상이 놓여 있던 좌대 쪽으로 다가섰다.

그는 관객5 역할을 위해 기단을 내려섰다. 그러고는 석탑과 느티나무가 있는 쪽으로 다가갔다. 그때 그는 보았다. 석탑이 살짝 기울어 있는 걸…… 탑은 무대를 향해 살짝 기운 채였다. 세상의 모든 탑은 사탑이다. 그 생각이 언뜻 그의 뇌리를 스쳤다. 자연에 직선이 없는 것처럼 완벽한 수평도 없을 것 같았다. 지구가 둥글다는 게 확실한 이유 아닌가. 사탑 위로 어머니 모습이 어른거렸다.

달빛을 타고 오페라 아리아 한 곡이 흘러나오기 시작했다.

「남 몰래 흐르는 눈물」.

그는 아름다운 음성의 주인공을 보기 위해 무대를 향해 돌아섰다. 웬일인지 소리만 들릴 뿐 주인공이 보이지 않았다. 한참 두리번거린 끝에 그는 무대의 주인공이 불상의 좌대 위에 올라서 있는 걸 보았다. 떠났던 부처가 돌아와 있었다.

노랫소리는 천상에서 흘러나오듯 무대를 지나 절터 마당을 적시며 흘렀다. 오래전 그 자리에 있었던 절의 모습이 눈에 선하게 그려졌다. 법당의 지붕과 날렵한 처마 선, 배흘림기둥, 처마 끝 풍경도 보였다.

주연1의 오프닝 음악에 이어 주연2를 맡은 꽁지머리가 좌대 앞으로 다가섰다.

─아, 전도유망한 뮤지컬 배우 하나가 구급으로 사라질 운명에 처했구나. 천년 나무도 오백 년 석탑도 눈물을 흘리누나.

주연2는 햄릿처럼 비장한 대사를 토했다.

─왕이시여 저 눈물은 슬픔의 눈물이 아니라 축복의 눈물이옵니다.

주연1의 호소력 있는 목소리가 흘러나왔다.

─갑자기 저 나무에다 목을 매달고 싶네.

대사는 급반전하여 「고도를 기다리며」풍으로 넘어갔다.

─뭐, 저 나무에?

─저 연극이라는 나무 말이야.

─푸하하. 저 나무의 식솔들이 웃음을 터뜨리네.

─저 나무에 딸린 식솔들은 대체 얼마나 될까? 몇백만 몇천만? 저 땅속 뿌리털에서 꼭대기 나뭇잎들까지 하면……

—지금부터 헤아리기 시작하면 아마 죽기 직전에 헤아린 숫자가 될걸.

—그런 행정 처리 해주는 공무원은 없나?

—난 구급 공무원이 구급차 대기시키는 일을 하는 줄 알았어.

—내가 목매달면 달려오려고?

—그런데 구급 공무원은 구급차 안 몬대.

—그럼 구급차는 누가 몰고 오지? 구급차 운전자부터 급구해야겠네.

—급구하면 구급인 내가 지원해야지.

—그래서 나를 삐뽀삐뽀 구급하러 올 거야?

—물론. 삐뽀삐뽀 친구를 구하러 와야지.

—목맨 나는 구급차 몰고 오는 친구를 목 빠지게 기다리겠구나.

—눈썹이 빠지도록 달려오지. 저 천년 나무 아래로.

—이미 나는 저 고목의 한 가지로 변해 있을지도 몰라. 저 꿈틀거리는 뿌리들이 나를 단숨에 집어삼키고 오리발 내밀 듯 가지를 뻗어낼 거라고.

—그럼 너도 저 천년 나무처럼 모든 걸 지켜보겠구나.

—그러겠지. 절과 중이 사라지는 걸 다 지켜본 것처럼 구급차와 구급대원이 나타났다 사라져가는 것도 지켜보겠지.

—그럼 나는 나무의 일부가 된 친구를 위해 레퀴엠을 불러

줄 거야.

　—레퀴엠 싫다. 경쾌한 곡으로 불러다오.

　주연1은 다시 호흡을 고르고 또 한 곡의 아리아를 부르기 시작했다.

　마시자, 마시자, 즐거운 잔 속에/아리따운 꽃 피어오른다.

　덧없이 흐르는 살 같은 세월/이 잔으로 즐기자—

　힘차고 흥겨운 「축배의 노래」였다.

　관객5는 환호와 함께 뜨거운 박수를 보냈다.

　—달나라 신사 숙녀 여러분, 오늘 지구의 이 폐사지 얼렁뚱땅 공연은 여기까지입니다.

　—다음 보름날 다시 찾아오겠습니다.

　그들은 관객을 향해 깊이 허리를 숙였다.

　달빛이 교교히 그들을 비추었다.

아무 일도 없었던 것처럼

지도는 테이블 위에 낡은 보자기처럼 펼쳐져 있었다. 서정은 손때 묻어 너덜너덜해진 그것을 집어들었다. 접힌 자국을 따라 원래대로 차근차근 되접으니 이마의 땀을 닦기 좋을 손수건만 한 크기가 되었다. 작은 크로스백에 그걸 집어넣으며 그녀는 밖에서 기다리고 있을 그를 떠올렸다. 먹구름이 몰려와 드리우듯 마음이 울울해졌다. 아직도 그와의 관계를 끝내지 못한 것이다. 결별의 기회가 없었던 것도 아니고 그걸 놓치지도 않았다. 그때 보란듯 관계 청산을 했건만 어리석게도 번복한 것이다. 단번에 결정을 뒤집다니…… 사실 뒤집었다기보다는 뒤집혔다고 하는 게 맞았다. 반사적으로 일어난 일이었다. 현실을 단번에 전복시키는 본능의 힘을 그녀는 어쩔 수 없었다. 그 순간적 실수가 여행을 다시 원점으로 돌려놓은 셈이었다.

애당초 박물관을 떠올린 게 발단이었을까? 그 뜬금없고 촌스런 생각에 실소가 나기도 했다. 도시 전체가 거대한 박물관이나 다름없는 곳에서 박물관이라니…… 크메르 왕국 또는 앙코르 왕조의 찬란했던 역사를 오롯이 품고 있는 사원이 도시 곳곳에 있었다. 도심에서 편의점 마주치듯 어딜 가나 옛 성 또는 사원과 맞닥뜨렸다. 이곳을 처음 찾는 여행객이라면 누구나 끝도 없이 나타나는 사원의 수에 놀라고 그것의 규모와 조각상들의 물량 공세에 다시 놀라고, 정교한 조각술에 또 한 번 놀라다가 급기야 그것들이 속수무책으로 나뒹굴고 있는, 채석장을 방불케 하는 무너진 돌더미 앞에서 경악을 금치 못하게 된다. 그것만도 아니다. 때론 도처에 나뒹구는 돌 기둥과 깨진 조각상을 발로 밟고 다녀야 한다. 맨 처음 서정은 놀라 멈칫했다. 코 떨어져 나간, 부처인지 시바신인지 구분이 어려운 희미한 얼굴선의 조각상이 엷은 미소를 머금은 채 발치에서 그녀를 올려다보고 있었던 것이다. 오, 너로구나, 하듯 반기는 표정이었다. 처음엔 산 사람의 몸을 밟고 지나야 하는 것처럼 망설여졌다. 뒷사람에 떠밀려 결국 발을 딛고는 꿈틀거리는 듯한 살의 느낌이 자아내는 당혹감과 죄의식을 애써 지우며 걸음을 옮겼다. 첫 고비를 넘기고 나니 다음 걸음은 조금 덜 주저하게 되었고, 그다음은 조각상의 질감이 발바닥으로 전해 왔으며 급기야 그 감촉을 즐기게 되었다. 만지고 밟고 기대고 깔고 앉으며 거침없는 스킨십을 하고 나니 어쩌면 이런 게 유물 유적을 제대로 감상하는 방법이 아닐까, 하는 생각마저 들었다. 남녀라면 커피숍에 마주앉아 얘기와 눈빛만 주고받는 사이가 아닌, 살과 뼈가 으스러지도록 껴안고 섞이고 얽혀들고 둘이 온전히 한몸이 되어 뒹구는 연애를 하는 것처럼……

수백 년 전 이 일대를 제패했을 찬란했던 왕조에 한 발을 쑥 집어넣고 휘젓고 다니는 기분이었다. 처음의 당혹과 낯설음은 지금까지의 감상법에 익숙했기 때문일 것이다. 희소성 탓에 유물을 유리 진열장에 모셔두고 눈으로 즐길 수밖에 없는 게 박물관식 감상법 아닌가. 도처에 널려 있고 넘쳐나는 것들을 굳이 유리벽 이편에서 즐길 이유는 없지 않나. 그래서였을 것이다. 불현듯 박물관을 떠올린 건…… 도시 자체가 거대한 박물관이나 다름없는 곳에서 미니어처를 연상시키는 도심의 박물관은 대체 무엇으로 채우고 있을까, 궁금했다.

—내일은 박물관만 들를 생각이야.

여행 첫날 일정을 다 끝낸 서정이 A에게 말했다. 내일은 오늘처럼 툭툭이를 온종일 전세 내지는 않을 거라는 말이었다. 첫날이라 의욕에 넘쳐 정신없이 다녔더니 일정이 끝나자 녹초가 되었다. 다음날도 강행군은 무리였다. 쉬엄쉬엄 박물관이나 둘러보며 바닥난 체력을 보충할 생각이었다.

투 달러, 하며 A는 손가락으로 브이자를 구부정하게 그려 보였다. 다음날도 2달러만 주면 그녀를 박물관까지 데려다주 겠다는 말이었다. 적정 요금이어서 서정도 마다할 이유가 없 었다. 정해진 요금 체계가 없는 곳이라 매번 값을 흥정해야 하는 일이 이만저만 힘든 게 아니었다. A는 영어는 서툴렀지 만 친절하고 순박했다. 서정은 다음날 하루만 단거리로 이용 하고 가능하면 마지막 일정까지 그의 툭툭이로 계속 여행을 하고 싶다는 뜻을 내비쳤다. A도 선뜻 그녀의 제안을 받아들 였다. 비수기인 만큼 고정 손님 확보는 그에게도 더없는 행운 일 터였다.

서정은 마지막으로 해충 퇴치용 스프레이를 팔과 다리에 꼼꼼히 뿌렸다. 유독성 화학약품 냄새에 얼굴이 절로 찌푸려 졌지만 안전을 위해서는 어쩔 수 없었다. 얼마나 독한지 그것 은 날벌레뿐 아니라 파충류도 얼씬 못하게 하는 효과가 있는 것 같았다. 전날, 무너진 사원 기둥에 앉아 지친 다리를 쉬고 있을 때, 그녀의 발 옆으로 뭔가 스윽 스쳐가는 게 보였다. 처 음엔 바람에 흔들리는 풀이려니 했는데 알고 보니 뱀이었다. 심장이 철렁 내려앉았다. 놈은 돌기둥에 낀 이끼처럼 선명한 초록 외피를 하고 있었다. 치켜든 머리와 반들거리는 까만 눈 이 아니었더라면 못 알아봤을 것이다. 놈은 맨발이나 다름없 는 그녀의 발 바로 옆을 지나 이끼 낀 조각상을 타넘고 유유 히 사라졌다. 놈의 외피가 얼마나 싱그러운 초록인지 그 몸통을 돌돌 말아 쥐어짜면 상큼한 녹즙이 한 사발 우러나올 것 같았다. 허구한 날 부처나 힌두신 몸을 기어다녔을 테니 독성 따위 일찌감치 정화되어 몸이 식물성 수액으로 채워져 있을 법했다.

사원 곳곳에 무너진 기둥 혹은 조각난 불상들이 돌더미를 이루고 있었다. 전쟁 혹은 쓰나미 같은 재난이 휩쓸고 간 폐허를 보는 듯했다. 곳곳에 노란 줄을 쳐놓고 복구 중임을 알렸지만 일이 진척될 기미는 없었다. 그 무수한 돌 조각을 퍼즐 맞추듯 꿰어 맞춘다는 건 모래 알갱이가 원래의 바위를 찾아가는 일만큼이나 어렵고 요원해 보였다. 지친 다리를 쉬느라 커다란 돌기둥에 앉아 그걸 둘러보고 있으면 서정은 복구가 아니라 그 나뒹구는 것들의 자유와 분방함에 마음이 기울었다. 그렇게 넋 놓고 있다 보면 부처나 힌두신들 세상에 들어와 죽치고 앉은 기분이었다. 그 신비감이 일상으로 복귀했던 그녀를 충동질해 이곳에 다시 불러들인 것이다. 두번째 찾은 곳이었다. 그것도 삼 개월 만에.

처음엔 그녀도 별생각 없이 나선 여행이었다. 여행사 상품인데다 워낙 유명 관광지여서 큰 기대는 없었다. 잠시 일터를 '떠나' 아니 그보다 '피해' 있고 싶은 생각에서였다. 일주일 정도면 사무실은 자연스레 정리가 되어 있을 것 같았다. 직원들 스스로 누가 나가고 누가 남아야 하는지 잘 알고 있었다. 오히려 잘됐어요. 공부를 더 해야 할지 작년부터 고민 중이었거든요. 젊은 직원 하나는 감원 결정을 기회로 여겼다. 앞날이 불투명해 보이는 조직을 자연스레 벗어날 수 있는 절묘한 타이밍으로 여기는 직원도 있었다. 적절한 보상까지 마련해 놓은 오너의 결단과 배려로 감원은 잡음 없이 이루어지고 있었다. 오너인 P와 공동 창업자나 다름없는 서정은 직원들이 하나둘 빠져나가는 걸 지켜보는 것조차 힘들었다. 완성 직전의 탑에서 벽돌이 하나씩 빠져나가는 것 같았다. 그것도 P와 서정 자신의 젊음을 오롯이 바쳐 쌓았던, 일생일대의 과업으로 생각해왔던 공든 탑의······

먼 이국땅 관광지에 와 있어도 처음엔 아무것도 눈에 들어오지 않았다. 가이드의 안내에 따라 움직이는 단체 여행객들 사이에서 기계적으로 움직일 뿐이었다. 이튿날, 사원으로 향해 가는 황토 숲길을 달리면서 서정은 비로소 떠나온 곳을 잊기 시작했다. 거대한 열대의 아름드리나무 사이를 달리는 내내 밀림에서 뿜어져 나오는 공기가 예사롭지 않았다. 황토 냄새를 품은 후텁지근한 바람이 뭉텅뭉텅 몰려왔다가 조금 더 달리면 열대 식물의 향을 머금은 공기가 서늘하게 폐부를 파고들었다. 온도는 물론, 머금고 있는 습도와 향이 시시각각 달랐다. 자연 그 자체의 기운만은 아닌, 뭐랄까, 유물 유적을 껴안고 오래토록 숨죽여 있었던 밀림의 인고가 빚어낸 히스테리가 숙성된 곰팡내와 어우러져 뿜어내는 기운 같다고 할까. 그 미묘한 기운에 서정은 점점 끌렸다. 사원에서 일행들과 무리 지어 다닐 때도 뭔가에 홀린 듯 대열을 자꾸 이탈했다. 정신을 차리고 보면 온통 낯선 사람들이어서 허둥지둥 일행을 찾아 헤매야 했다. 그럴 때마다 서정은 혼자 와야 하는 여행이란 걸 절감했다.

사무실에서도 서정은 언뜻언뜻 자신이 돌 조각 쌓인 폐허 가운데 덩그러니 앉아 있는 착각에 빠지곤 했다. 그 휑하면서도 낯설기 그지없는 공간이 일상의 그녀를 유혹해왔다. 하나하나 돌을 쌓아 올리고 세세하게 깎고 다듬었던 조각상이 어느 순간 와르르 무너져 내린, 그 절망적 상황에 넋 놓고 있다가 차츰 그 의미를 되새겨보는 자신을 발견하곤 했던 것이다.

지금이 대체 몇 월인데? P는 서정이 내민 휴가계획서에 머물던 눈을 치켜떴다. 이십대와 삼십대를 다 지나오도록 서정이 외곬처럼 일에만 빠져 살아왔기 때문이었다. 오너인 P도 크게 다르지 않았다. 두 노처녀의 일에 대한 열정과 우정 또는 동지애는 때론 동성애 관계라는 오해까지 낳을 정도였으니……

한 번 꺾인 날개의 후유증치고는 귀엽네, 귀여워. P는 휴가계획서와 서정을 번갈아 바라보며 의미심장한 웃음을 지었다. 일에 대한 열정과 집착이 왜곡된 방식으로 여행으로 옮겨 간 건 아닐까, 라는 듯 우려하는 표정이면서도 P는 서정의 휴가 의향을 선선히 접수했다. 이내 결재 사인을 해서 내미는, 오너답지 않은 P의 그런 낙천성에 서정은 또 서정대로 의구

심을 가졌다. 그런 P 특유의 기질 또한 잘나가던 회사를 내리
막길로 내몬 데 일조했을 것 같았다. 그동안 분석해왔던 열두
가지 원인에 하나를 더 보태면서 서정은 자신의 책임감과 부
채의식을 조금 더 덜어냈다.

해충 퇴치용 스프레이 분무를 끝낸 서정은 크로스백을 바
로잡으면서 매무새를 정리했다. 호텔 방을 나서며 습관처럼
박물관을 떠올리는 자신을 깨닫고 서정은 피식 웃었다. 처음
엔 자신의 변심이, 나중에는 툭툭이 기사의 개인적 사정이 걸
림돌이 되어 아직 가보지 못한, 사실 가도 그만 안 가도 그만
인 박물관이 여행의 주요 목적지처럼 둔갑해 있었던 것이다.
하지만 깨끗이 무시하기로 했다.

호텔 마당으로 나서자 주차장 한쪽에 여느 날처럼 호텔 일
꾼과 툭툭이 기사가 모여 있었다. 그들 사이에 찬도 끼여 있
었다. 그는 이내 서정을 알아보고 손을 흔들며 사람들 사이에
서 빠져나왔다. 찬은 그녀의 툭툭이 기사였다. 짧은 곱슬머리
에 가무잡잡한 피부를 가진 스물여섯의 캄보디아 청년. 웃으
면 치아가 하얗게 드러나고 뺨에는 보조개가 패어 귀여운 인
상을 만들었다. 유난히 하얀 치아 때문인지 그의 웃는 모습은
멀리서도 눈에 잘 띄었다. 그는 첫날의 툭툭이 기사 A의 친구
였다.

박물관에 가기로 한 날, 서정은 약속 시간에 맞춰 호텔 마
당으로 나갔다. 하지만 A가 보이지 않았다. 짧은 영어로 오

간 말에 오해가 있었던 건 아닐까, 싶기도 했다. 그때 낯선 남자 하나가 다가섰다. 그는 A가 약속 시간에 맞춰 올 수 없어서 호텔 근처에 사는 자신에게 부탁을 해서 대신 왔다고 했다. 그가 찬이었다. 처음 그가 소개한 이름을 따라 하자 그는 서정의 발음을 바로잡아주었다. 숀도 아니고 쫜도 찬도 아닌 '촨'이 가장 원음에 가까운 발음이었다. A와는 달리 찬은 영어를 제법 잘 구사했다. 일단 말이 통해 좋았다.

—박물관 간다 했지?

그가 목적지를 확인해왔다. 말할 때 나이를 고려하지 않아도 된다는 점이야말로 영어의 경쟁력이라고 생각하며 서정은 고개를 끄덕였다.

—근데 자고 났더니 피로가 말끔히 풀려서, 오늘도 어제처럼 종일 투어를 하려는데 괜찮을까?

툭툭이를 하루 온종일 전세 내겠다는 얘기였다. 영어를 제대로 구사하는 그를 보자 박물관 편도행 기사로만 쓰기는 아까웠다. 그와 종일 투어를 하고 다음날부터 A와 나머지 일정을 같이하면 될 것 같았다.

찬은 흔쾌히 그녀의 제안을 받아들였다. A가 알면 서운해할 게 분명했지만 어쨌든 먼저 약속을 지키지 않은 건 A였다. 전날 일정이 빡빡해 피곤했던지, 아니면 다른 이유가 있어 오지 않은 것인지 그건 알 수 없었다. 박물관 편도행이 아닌, 온종일 투어였더라도 A는 친구를 대신 보냈을까? 그런 의문이

들자 서정은 A에 대한 심적 부담에서 벗어날 수 있었다. 또한 그의 안이한 처신에 대한 일종의 징계라고 생각하니 자신의 변심이 정당해 보이기까지 했다.

—삼 개월 전에 속세로 나왔어.

챤은 십 년간 절에서 생활한 파계승이었다. 삼 개월 자란 그의 곱슬머리는 골뱅이처럼 말려 있어 멀리서 보면 부처의 두상을 연상시켰다.

—술도 못 마시지 여자 친구도 못 사귀지……

신세대다운 당돌함과 솔직함으로 그는 절 생활의 불편과 못마땅함을 털어놓았다. 스무 살이 되면서 그는 세상에 나와 살 준비를 했다는 것, 그 첫 준비가 영어 공부였다고 했다. 부모처럼 평생 가난한 농사꾼으로 살고 싶진 않았던 그는 도시에서 돈을 벌기로 한 것이다. 발품 쉴 때마다 흘러나오는 그의 이야기를 듣는 재미도 쏠쏠했다. 그러다 뜬금없는 얘기도 섞여들었다.

—천연 실크 짜는 농장 알아?

—지난번 여행 때 가봤어. 프랑스 사람이 오너지?

실크농장이 좌절당하자 그는 다른 아이템으로 넘어갔다.

—그럼, 상황버섯은? 오백 년 된 거 본 적 있어?

—그런 데보다 챤이 사는 동네나 고향 마을이 더 재밌겠네. 거기나 한번 가볼까?

서정의 제안에 그의 표정이 어두워졌다.

─가난에 찌든 사람들 보면 얼마나 가슴 아픈데. 여행객도 그런 현실은 안 보는 게 좋아. 그건 관광거리가 아니지.

　그가 정색을 하는 바람에 서정은 자기 생각을 고집하기 어려웠다.

　─라텍스가 이곳 특산품인 거 알지?

　틈만 나면 그는 호객용 미끼를 던졌다.

　─챤, 당신은 가이드가 아니고 툭툭이 기사야. 그걸 잊으면 안 돼.

　서정이 그의 재산목록 1호라는 툭툭이를 손으로 툭툭 쳐 보이며 말했다.

　─원료 자체가 다르다니까. 기술력이 있으면 고무에서 특정 성분을 빼내 딴 데 쓰거든. 하지만 이곳에는 그런 기술 자체가 없기 때문에 백프로 천연 고무라고.

　점점 장사꾼 속셈을 드러내는 그가 서정은 불편했다. 속세에 나온 지 삼 개월 된 파계승이라는 말도 의심스러웠다.

　하루 일정이 끝나갈 무렵 그녀는 남은 날을 누구와 함께해야 할지 고민이었다. 챤은 영어도 잘하고 얘깃거리도 많았지만 믿음이 가질 않았고 A는 순박했지만 소통이 안 되는 게 문제였다. 둘의 장점을 다 갖춘 사람을 찾는다는 건 불가능에 가깝다는 걸 십칠 년 조직 생활에서 누구보다 잘 알고 있었다. 그녀는 A에게로 다시 마음이 기울었다. A를 대신해 온 만큼 챤은 하루 동행으로 그치는 게 맞다고 생각했다.

—찬, A에게 연락해서 내일 올 수 있는지 물어봐줘.

서정은 찬에게 그가 A를 대신해 왔음을 일깨웠다.

찬은 깜박 잊고 있었다는 듯 서둘러 휴대폰을 꺼내 번호를 눌렀다. 그는 한참이나 전화를 들고 있다가 고개를 갸웃하며 휴대폰을 내려놓았다.

—전화는 나중에 다시 해보기로 하고, 일단 저녁이나 먹을까? 같이 저녁 식사하는 건 어때?

시간도 벌 겸 서정이 조심스럽게 제안했다. 전날 A에게 저녁을 청했다가 거절당한 기억이 있었던 것이다. 사실 반은 의무감에서였다. 일정이 늦게 끝나 온종일 수고한 기사에게 저녁 식사는 제공해야 할 것 같아서였다. 하지만 A는 고개를 저었다. 그로서는 말도 잘 안 통하는 이국의 낯선 연상녀와 그것도 갑인 손님과의 식사가 달가울 리 없었을 것이다.

—오케이.

찬은 A와는 달랐다.

—근데, 밥만 먹을 건가?

그 반문에 담긴 뜻도 서정은 이내 알아차렸다.

—맥주도 한잔하지 뭐.

찬의 표정이 환해졌다.

—친구, 불러내도 돼?

그의 속내가 읽히지 않은 건 아니었지만, 둘보단 분위기가 편할 것 같았다.

—오케이. 대신 한 명만.

　서정도 조건을 내세움으로써 결코 호락호락한 고객은 아님을 내비쳤다.

　찬의 친구는 호출을 기다리고 있었기라도 한 듯 주문한 음식이 나오기도 전에 도착했다. 그 친구 역시 찬과 같은 툭툭이 기사로 한때 같은 절에서 생활한 도반이라고 했다. 찬보다 얼굴이 더 검고 눈이 부리부리해 약간 경계심이 들게 하는 인상이었지만 웃을 때 드러나는 뻐드렁니가 그런 경계심을 없애주었다. 뻐드렁니는 찬보다 일찍 환속해 오 년째 툭툭이 기사 일을 하고 있다고 했다. 경력자답게 영어도 능통했다.

　—기념 촬영이나 한 컷 할까?

　주문한 요리와 맥주가 나오자 서정이 여행객 티를 냈다. 그런 요구에 익숙한 듯 그들은 선선히 포즈를 취해주었다. 사진은 기념이라기보단 일종의 안전장치였다. P가 알려준, 여자 혼자 하는 여행에서의 안전 수칙 일 순위. 낯선 사람, 특히 남자를 만나면 일단 그를 노출시켜놓아야 했다. 첫날 기사였던 A는 물론, 찬과 그의 오렌지색 툭툭이 사진도 이미 카톡으로 날려놓은 상태였다. 툭툭이 기사가 젊고 잘생겼다고 남편이 질투하던걸. 서정은 그런 말까지 덧붙이며 찬에게 카톡에 실린 사진과 문자를 넌지시 보여주었다. 사진 밑에는 한글로 P의 멘트가 짧게 달려 있었다. '크, 훈남 기사네. 개부럽삼!'

　—찬, A에게 연락 한번 해보지. 내일 올 수 있는지. 친구 사

이니까 두 사람이 번갈아가며 하루씩 기사를 해주면 되지 않겠어?

식사 도중 서정은 다시 둘의 관계를 상기시켰다. A와 찬을 하루씩 번갈아가며 쓰는 것도 괜찮은 방법 같았다. 찬은 그동안 두어 번 연락을 해봤지만 A가 계속 전화를 받지 않았다고 설명을 덧붙이고는 다시 번호를 눌렀다. 휴대폰을 귀에 대고 있던 찬은 이번에도 고개를 가로저으며 전화를 내렸다. 그의 말을 전적으로 믿긴 어려웠지만 그렇다고 직접 나서서 확인할 수도 없는 노릇이었다. 서정도 더는 선택의 여지가 없음을 깨달았다.

─요리나 더 시키지.

마음을 접은 서정은 메뉴판을 찬에게 넘겼다. 어차피 오늘 저녁은 자신이 스폰서임을 잘 알고 있었다. 또한 그들은 서정의 여행을 위해 초청된 조력자이기도 했다. 그녀 혼자라면 이런 현지식 술집과 요리는 물론 이곳 젊은이들과 어울리는 일 같은 건 상상할 수도 없었을 터였다. 갑과 을의 자리바꿈이 번갈아 일어나는 그런 시간임을 서로가 잘 알고 있었다.

찬이 주문한 요리가 새로 나왔다. 메콩강에서 많이 잡힌다는, 어른 팔뚝만 한 크기의 붉은 물고기 한 마리를 통째로 요리한 안주였다. 마치 고래 한 마리를 앞에 놓고 앉은 것처럼 풍족해지는 기분이었다. 서정이 물고기 요리에 빠져 있는 동안 찬과 뼈드렁니는 자기네 말로 뭔가 얘기를 주고받았다.

—내 약혼녀 사진.

뻐드렁니가 불쑥 핸드폰 액정을 서정과 찬 앞으로 내보였다.

긴 생머리를 묶어 어깨 앞으로 늘어뜨리고 금박이 수놓인 그 나라 특유의 화려한 전통 의상을 입은 스물두엇의 여자가 미소 띤 얼굴로 의자에 앉아 있는, 중매쟁이용으로 사진관에서 찍은 듯한 사진이었다. 찬은 부러운 눈으로 사진을 들여다보았다.

5천 달러 운운하는 소리가 뻐드렁니에게서 나왔다. 결혼식을 하려면 그 정도 돈이 필요하다는 얘기였다. 현지 물가를 생각하면 터무니없는 액수였지만 그들 전통에서는 있을 법한 얘기로 들렸다.

—난, 결혼은 일찌감치 포기했어.

찬이 체념하듯 말했다. 삼포세대의 비애는 이 크메르 왕조의 후예인 청년에게도 예외가 아니었다. 그 얘기가 발단이 되어 결혼과 돈에 관한 얘기가 한동안 적나라하게 오갔다. 그들 청춘의 옹색하고 남루한 이야기에 분위기는 점점 칙칙해졌다.

—이제 그만하고 갈까?

언제 끝날지 모를 얘기에 서정이 불쑥 끼어들었다.

—2차 가자고?

찬의 반문에 서정은 주춤했다. 지금껏 회식 자리를 숱하게 가졌지만 그녀는 2차를 떠올린 적도 참석한 적도 없었다. 대부분의 경우는 청승맞다는 소리를 들으며 사무실로 혼자 돌아가 책상 앞에 앉았다. 언젠가부터는 아무도 그녀에게 2차를 묻거나 권하지 않았다.

　—2차, 한번 가볼까?

서정이 눈을 빛내며 말했다. 호기심이 동하기도 했지만, 호텔로 돌아간대도 텔레비전 보는 것 외에는 딱히 할 일이 없었다. 떠나온 곳의 일을 반추하는 건 더더욱 피하고 싶었다. 20달러 남짓 나온 부담 없는 1차 비용도 2차를 부추기는 데 한몫했다. 의기소침해진 이곳의 삼포세대를 위로한다는 명분도 생겼다.

　—노래방 어때?

찬이 친구와 의논한 끝에 내놓은 제안이었다.

2차라면 으레 노래방을 떠올리는 것도 서울과 다르지 않았다. 서정은 선선히 받아들였다. 어차피 그들을 위한 자리라는 생각에서였다. 현지에서 가이드나 기사와 절대 개인적 만남을 갖지 말라던 P의 충고 따위 잊은 채였다.

이곳 노래방도 한국과 별로 다르지 않았다. 에어컨 시설이 완벽하게 갖추어져 있었고 방도 널찍했다. 서정은 두 사람을 위해 마련한 자리라는 듯 자신은 멀찍이 떨어진 소파에 앉아 구경할 태도를 취했다. 젊은이답게 둘은 그런 서정을 개의치 않고 자기네 나라에서 유행하는 노래를 부르기 시작했다. 찬은 노래도 춤도 수준급이었다. 어떻게 저런 끼를 감추고 절에서 생활했을까 싶을 정도였다.

서정은 간간이 P와 카톡을 주고받았다.

'부럽지?'

두 젊은 남자가 노래하는 모습이 담긴 사진과 함께 날린 멘트였다.

'정신 나갔어? 거기가 어디라고 낯선 남자들과……'

'부럽구나?'

'그래. 졌으니 됐고. 제발 빨리 쫑내고 호텔로 돌아가. 시간이 몇 신데? 위험해.'

P는 노파심과 경고성 멘트로 일관했다.

서정은 이번엔 한술 더 떠서 노래하는 두 남자 사이에서 활짝 웃는 자신의 모습을 셀카로 담아 날렸다.

'홍서정, 정말 제정신이야?'

'진짜 부럽구나?'

P는 더 이상 응해오지 않았다. 화가 단단히 난 모양이었다. 그래, P도 화를 내봐야 해. 어떤 일이든 여유와 이해로 감싸버리는 P의 천성을 떠올리며 서정은 그렇게 자위했다. 돌이켜보니 P와의 만남도 여행지에서였다. 디자인 공모전 공동 수상자로 유럽 여행 특전을 누리게 되면서였다. 첫 단추는 파리에서 꿰어졌다. 저 에펠탑 첨탑의 명성을 납작하게 해줄 디자인회사를 만들 거야. 서정의 당돌한 말에 P도 공감을 표했다. 샤넬도 디올도 저 첨탑 정도에 불과하겠지? 가우디의 저 선도 우리가 뭉개버리자. P도 카사밀라 앞에서 서정을 흉내

내 말했다. 대가들의 작품 앞에서 둘은 하늘을 찌를 듯한 자신감으로 치기를 부렸다. 여행에서 펼쳐지는 어떤 위대한 것도 그들의 결의를 다지는 수단에 지나지 않았다. 기껏 국내 대학생을 위한 디자인 공모전에 불과했건만 둘은 세계적 명성의 비엔날레 수상자라도 된 것처럼 굴었다.

난 가우디박물관은 그냥 패스할래. 왜, 여기까지 와가지고? 가우디를 저런 지하 박물관에서 감상한다는 게 말이나 돼? 이 바르셀로나 전체가 그의 박물관인데. 맞아. 둘은 박물관 앞에서 등을 돌렸다. 서정에겐 그것이 이십대의 첫 해외 여행이자 마지막 여행이었다. 대학원 졸업과 동시에 둘은 디자인 사무실을 차렸다. 부잣집 외동딸인 P가 자금을 댔다. 실질적인 오너였던 P는 디자인 공부를 병행했고 서정은 실무에 전적으로 매달렸다. P는 공동 창업자이자 동업자로 서정과 동등한 입장임을 강조했다. 그럼에도 역할 분담처럼 갑과 을의 자리는 자연스레 생겼다. 어쩌면 그것은 서정 스스로 자신의 의식 속에서 만들어낸 강박증일 수도 있었다. 둘이서 시작한 열 평짜리 디자인 사무실은 십 년 만에 직원 수도 사무실 크기도 열 배로 성장했다. 그 분야에서 정상을 코앞에 두고 있었다.

—한 곡 불러봐.

찬이 서정에게 선심 쓰듯 마이크를 내밀었다. 종료 시간 5분 전이었다. 그녀를 위해 캄보디아 청년 둘이 고심해 선곡한 노래는 어이없게도 「아리랑」이었다. 서정이 여중생 시절 소년 체전 폐막식 때 부른 게 마지막이었던 곡. 차분하고 느린 곡의 전주가 이미 흘러나오고 있었다. 애국가가 아닌 걸 다행스러워하며 서정은 차고 묵직한 금속성 마이크를 건네받았다. 그러고는 음정도 잘 맞지 않는 첫대목을 부르기 시작했다.

아—리라—앙 아—리라—앙—, 하는데 눈에서 쭈룩 눈물이 흘렀다. 그야말로 반사적으로 흘러내린 눈물이었다. 서정은 당혹스러웠다. 취기 탓은 아니었다. 혼자서 간간이 맥주를 홀짝이긴 했지만 두어 병 정도였다. 이것이 아리랑이라는 노래의 힘인가? 그런 생각도 언뜻 스쳤다. 눈물을 쏟는 자신의 모습이 민망하고 멋쩍어 웃음이 터져 나오기도 했다. 울다가 웃다가 다시 울다가, 눈물을 닦고 코를 풀기를 반복하며 아리랑은 청승맞고도 장난스럽게 흘러나왔다. 찬과 빼드렁니가 뒤에서 코러스 넣듯 따라 불러주며 장단을 맞추었다. 그들을 위해 마련한 2차는 서정의 괴상한 해프닝으로 마무리되었다.

계산서를 받아들고서야 서정은 정신이 번쩍 들었다. 1차의 열 배 가까운 금액이 나왔던 것이다.

—이 계산서 맞는 거야?

휴지로 눈가를 연신 닦아내며 서정이 물었다.

—보통 이 정도 나오지. 외국인 관광객들 상대로 하는 곳이라.

—주인도 한국인이고.

둘이 한마디씩 보태며 여행지 물가를 그렇게도 모르냐는 듯한 시선으로 서정을 쳐다보았다. 1차 술값에 안심한 나머지 가격을 미리 체크하지 않았던 게 잘못이었다. 지갑을 꺼내면서도 그녀는 계속 눈가를 훔쳤다. 이곳 여행에서 한 번도 써본 적 없는, 백 달러짜리 지폐 두 장을 흐릿한 눈으로 건네면서 그녀는 아리랑 한 곡의 대가치고는 너무 가혹하다고 생각했다. 그렇게 마무리된 촨과의 첫 일정은 첫날 A와의 일정 이상으로 힘들고 긴 여정이었다.

샤워를 끝낸 서정은 옷을 갈아입고 저녁 먹으러 갈 준비를 했다. 촨이 오기로 한 시간에 맞춰 호텔 방을 나섰다. 밖에는 비가 내리고 있었다. 서정은 다시 방으로 들어가 우산을 챙겨 들고 왔다. 우기에 접어든 시기였지만 이상하게도 지금껏 비가 한 번도 내리지 않았다. 스콜도 한차례 없었다. 건기의 끝자락을 실감케 하듯 어디를 가든 먼지가 풀풀 날렸다. 열대식물의 넓은 이파리들은 황토 먼지를 흠뻑 뒤집어쓴 채 살풍경한 모습으로 '여행지의 비수기'를 실감케 했다. 이제 본격적으로 우기에 접어들 모양이었다. 비 내리는 호텔 마당은 전날보다 더 어둑하고 차분했다. 주차관리인이 있는 입구 쪽은 임시 비닐 차양 아래 호텔 직원과 툭툭이 기사 몇몇이 모여서서 비를 피하고 있었다. 촨은 보이지 않았다. 눈에 잘 띄는 그의 화려한 오렌지색 툭툭이도 없었다. 비 때문에 늦는 모양이라고 생각하며 서정은 우산을 펼쳐든 채 호텔 마당을 서성거렸다.

어둠 속으로 문득 헤드라이트 불빛이 비쳐 들었다. 부연 수증기와 빗줄기가 불빛에 살아나더니 이내 관광버스가 마당으로 들어섰다. 비닐 천막에 모여 잡담을 나누던 호텔 스태프들이 튕겨 나가듯 흩어졌다. 도어맨은 현관 앞으로 달려갔고 소년 둘은 커다란 파라솔을 펼쳐 들고 관광버스 앞으로 뛰었다. 그들은 투숙객들이 비를 맞지 않도록 파라솔을 받쳐 들고 번갈아가며 두세 명의 사람들을 호텔 현관 쪽으로 이끌었다. 쏟아져 나오는 말소리로 중국인 관광객임을 알 수 있었다. 그들이 다 들어가고 나자 장터처럼 시끌벅적하던 마당은 다시 조용해졌다. 추적이는 빗소리가 다시 살아났다. 허기진 뱃속도 연신 아우성이었다.

어느새 약속 시간에서 30분이 지나 있었다. 촨은 여전히 감감무소식이었다. 서정은 화가 솟구쳤다. 그동안 녀석이 보였던 불성실했던 일들이 잇달아 떠올랐다. 시도 때도 없이 해대던 호객행위하며 비싼 노래방으로 이끌어 바가지 씌웠던 일, 게다가 그날 일정에서는 촨의 개인적 문제로 박물관도 갈 수 없었던 것이다.

―박물관부터 가지.

그날 아침, 서정이 툭툭이에 오르며 첫 행선지를 알렸다. 전날 하루 종일 빈둥거린 탓인지 조바심이 났던 것이다. 첫날부터 연속 강행군에다 2차까지 이어진 탓에 다음날은 거의 무위도식하며 보내야 했다. 목적지를 정하고 나니 박물관이란 여행이 빗나가거나 변질되었을 때 그걸 바로잡아주는 구심점이기라도 한 것 같았다.

―박물관 티켓은 외국인이 사면 더 비싸니까 내가 끊어줄게.

틈만 나면 호객행위를 하려던 녀석이 웬일인지 그날따라 선심성 제안을 했다. 그도 일말의 양심이 있다면 그동안 서정이 베푼 친절을 모르지 않을 터였다. 전날도 그의 툭툭이를 한나절 이용하는 데 그쳤지만 하루치 비용을 다 지불했던 것이다.

박물관으로 향하는 길로 접어들었을 때였다. 목적지를 앞둔 찬이 허둥대며 툭툭이 방향을 돌렸다. 그러고는 박물관을 등진 채 계속 달리기만 했다. 한적한 골목으로 접어들고 나서야 그가 툭툭이를 세우고 서정을 돌아다보았다.

―실은, 입구에 경찰이 있어서.

그의 이마는 땀으로 번들거렸고 얼굴은 벌겋게 상기돼 있었다. 손등으로 이마의 땀을 닦으며 그는 툭툭이 기사 허가증을 아직 못 받았기 때문이라고 속사정을 털어놓았다.

―박물관 가는 걸 오후로 미루면 안 될까?

그의 간청에 서정은 혼란스러웠다. 무면허인 그의 툭툭이 이용을 거절해야 할지, 그의 딱한 처지를 안쓰러워해야 할지…… 예전 같았으면 고민조차 하지 않았을 일이었다. 단번에 그의 툭툭이에서 내려 뒤도 돌아보지 않고 떠났을 것이다. 이미 맺은 인연인걸 뭐. 갈 데까지 가보는 거지. 가다보면 자연히 해결되지 않겠어. 서정이 직원의 능력과 자질을 문제 삼으면 P는 곧잘 그렇게 말했다. 그럴 때마다 누가 오너인지 헷갈렸다. 서정은 더더욱 P의 반대편에 설 수밖에 없었다. 원칙을 고수했던 자신이 다 옳은 것도 아니었다. 빼어난 자질을 가진 직원이 회사에 도움만 되는 것도 아니었다. 치명적일 수도 있었다. 서정이 전적으로 믿었던, 대학 후배이자 화려한 수상 경력을 자랑하며 발탁된 팀장의 경우가 그랬다. 사직과 함께 독립해 나가기 전까지 그는 주요 거래처를 다 자신의 손으로 장악한 채였다. 실은 그것이 결정적이었다. 정상을 코앞에 둔 회사의 한쪽 날개가 하루아침에 꺾인 건……

　—어쩔 수 없지 뭐.

　서정은 찬의 제안에 따르기로 했다. 박물관을 오후로 미루고 교외에 있는 사원부터 둘러보기로 한 것이다. 에어컨 시설이 잘돼 있는 박물관은 오전보다 오후에 보는 게 나을 것 같았다. 교외에 있는 사원이긴 해도 한 곳만 둘러볼 예정이라 시간도 넉넉했다. 사원을 둘러보는 일도 점심 식사도 여느 때보다 느긋하게 즐겼다. 그런 여유가 걸림돌이 될 줄은 몰랐다. 도심에 가까웠을 때 뜻밖의 복병을 만난 것이다. 일 년에 한 번 있을까 말까 하다는 교통 체증에 마침 걸려든 것이다. 서정은 거북 걸음의 툭툭이 안에서 두 시간의 한증막 체험을

해야 했다. 시내에 간신히 들어섰을 때 박물관 생각은 오간
데 없었다. 황토 먼지와 땀에 전 몸은 샤워 생각뿐이었다.

—이따 저녁 시간에 맞춰 오면 되겠지?

호텔 앞에 서정을 내려준 촨이 말했다.

—7시.

샤워하고 옷 갈아입고 휴식까지 고려한 시간이었다.

—오케이 7시!

촨은 큰 소리로 외쳤다. 그렇게 사라졌던 그가 약속 시간을
착각했을 리는 없었다.

사고가 난 건 아닐까? 급기야 그런 생각까지 들었다. 서정
은 그가 적어준 복잡한 번호로 전화 연결을 시도했다. 하지만
잘되지 않았다.

—그 툭툭이 기사, 우리 호텔에서 소개한 사람?

프런트 여직원은 서정의 전후 사정을 들은 다음 대뜸 그렇
게 물어왔다. 서정이 아니라고 하자 여직원은 그러면 자기네
호텔은 책임이 없다며 발뺌부터 했다. 그러고는 서정이 내민
전화번호를 받아들었다. 호텔 전화로 하자 간단하게 연결이
되었다. 여직원은 자기네 말로 몇 마디 주고받더니 서정에게
그가 곧 올 거라며 기다리라고 했다.

서정은 더는 그를 기사로 쓰고 싶지 않았다. 어떻게 보면
그와의 관계를 청산할 수 있는 절호의 기회였다. 진작 그랬어
야 했다. 박물관 계획이 틀어진 것도 따지고 보면 순전히 그

의 개인적 사정 때문이었다.

—오. 쏘리 쏘리.

10분도 안 돼 도착한 찬은 미안해하며 연신 머리를 조아렸다.

—잠시 쉬려고 누웠다가 깜박 잠들었지 뭐야. 전화 받고 겨우 깨어났네.

겸연쩍게 웃으며 녀석이 늦은 이유를 늘어놓았다. 진위 여부는 중요치 않았다.

—50분이나 기다렸어. 이 비 내리는 마당에서 말야. 50분, 알아?

서정은 흥분한 목소리로 외쳤다.

찬은 '쏘리'를 연발했다. 서정은 더 길게 얘기하고 싶지 않았다. 지갑부터 꺼내 그날 일당을 지불했다. 약정 금액에다 10달러짜리 지폐 하나를 더 얹었다. 속 편하게 녀석을 자르기 위해서였다. 갑질을 하더라도 막무가내식으로 하고 싶지는 않았다.

—됐지? 이젠 더 이상 안 와도 돼!

서정은 단호하게 말하고 돌아섰다.

—저녁은? 식사는 그래도 해야지?

미안해하는 녀석의 목소리가 등뒤에 달라붙었지만 서정은 손을 내저으며 서둘러 호텔 안으로 들어와버렸다. 계단을 올라 방으로 가는 그녀의 발걸음은 질척거리던 진흙길에서 벗어난 것처럼 가뿐했다. 드디어 녀석에게서 벗어났다고 생각하니 날아갈 것 같았다. 진작 그렇게 했어야 했다. 곰곰 따져 보면 서정 자신의 의도라고 생각했던 것도 다 녀석의 계산하에서 일어난 일이었다. 하지만 이젠 완전히 벗어났다. 팁까지 얹어줬으니 자르면서도 예의는 지킨 셈이었다. 10달러라면 이곳 물가에 비춰 나쁘지 않은 팁이었다. 녀석은 처음엔 의아해하다가도 뜻밖의 선물에 흡족해할 것이다. 그러다 괜찮은 손님을 놓친 걸 깨닫게 될 거고 자신의 부주의를 후회할 게 분명했다. 그걸로 서정은 보란듯 복수를 했다고 생각했다. 그도 다음에는 좀더 성의 있게 손님을 대할 것이고 결과적으로 다른 여행객이 피해를 입지 않게 될 것 아닌가. 서정은 자신의 처신이 적절했다는 생각이 들었다. 정서적 포만감에 허기는 이미 사라지고 없었다.

다음날, 서정은 몸이 가뿐한 걸 느끼며 깨어났다. 여행을 새롭게 시작하는 기분이었다. 찬이 기다리고 있지 않다는 것만으로도 마음이 홀가분했다. 느긋하게 조식을 즐기고 난 서정은 가벼운 걸음으로 룸을 나섰다. 믿을 만한 새 툭툭이 기사를 쓸 생각이었다. 시간과 비용이 더 들더라도 깐깐하고 신중하게 골라야 했다. 호텔에서 정식 허가를 받고 앞에 대기 중인 기사를 쓰는 것도 한 방법이었다. 일단 그들은 영어가 능통했고, 안전도 보장되었다. 아니나 다를까 호텔 마당으로 나서니 언제나처럼 툭툭이가 한 대 대기 중이었다. 기사와 호텔 직원으로 보이는 남자 서넛이 그 앞에 모여 얘기를 나누고 있었다. 기사는 사십대 중년 남자로 편안해 보이는 인상은 아니었지만 영어가 능통했다.

—80달러.

각오는 했지만 터무니없는 가격이었다.

일단 그렇게 높게 불러놓은 다음 조금씩 낮춰가는 수법이었다. 서정이 비싸다며 고개를 내젓자 사내는 10퍼센트 할인을 내세우다가 70달러로 낮췄다. 옆에 둘러서 있던 호텔 직원들도 기사와 한통속이 되어 그 가격이라면 거저나 다름없다고 바람을 잡았다.

—100달러.

그렇게 불러놓고 난 다음 서정은 삼 일 치라는 의미로 손가락을 꼽아 보였다.

기사는 씨익 웃으며 고개를 젓더니 60달러를 부르고는 하루치라는 뜻으로 검지를 세워 보였다. 주변 남자들이 그 가격이면 정말 횡재하는 거라며 다시 바람을 잡았다. 서정은 벌써 비질비질 땀이 났다. 쓸데없이 에너지 낭비 말고 일찌감치 백기를 들어버릴까, 하다가도 여행이 아직 절반이나 남았다는 데 생각이 미치면 그럴 수도 없었다. 그때였다. 그들 뒤로 언뜻 낯익은 얼굴이 보였다. 환하게 미소 띤, 친숙한 얼굴의 기사. 하얀 이빨이 언제나처럼 인상적인, 찬이었다. 그가 백마탄 기사처럼 툭툭이를 몰고 나타나더니 그의 애마를 보란듯

보도 한쪽에 댔다. 서정은 둘러싼 남자들에게 반사적으로 손을 들어 포기 선언을 했다. 흥정을 멈춘 그녀는 재빨리 그들을 벗어났다. 등뒤에서 50달러, 40달러, 30달러…… 가격이 급격히 추락하는 소리가 들려왔지만 그녀의 걸음은 찬에게 점점 가까워지고 있었다.

그의 오렌지색 툭툭이에 오르자 안도의 숨이 절로 나왔다.

─오지 말라고 했는데 왜 왔대?

한숨 돌리고 난 서정이 짐짓 야멸치게 첫 운을 뗐다. 전날 분명히 끝난 관계임을 그도 잘 알고 있을 터였다.

─혹시나 해서, 건너편 보도에서 대기하고 있었지.

찬이 넉살 좋게 대꾸했다.

차츰 냉정을 되찾은 서정은 '구관이 명관'이라는 말이 인간의 게으름과 타성을 합리화하는 표현에 지나지 않는다는 데 생각이 미쳤다. 낯설고 새로운 걸 받아들일 노고를 회피하고 익숙한 것에 안주하는 것. 그녀는 자신의 계획이 본능적 게으름에 굴복당했음을 인정해야 했다. 그렇게 찬과의 인연은 다시 원점으로 돌아왔던 것이다.

그 일을 계기로 찬의 태도가 달라졌느냐, 하면 그것도 아니었다. 여전히 그는 한 번씩 장삿속을 드러냈고 이따금 불성실한 태도를 보였으며 시종일관 게을렀다. 첫날, 서정이 들춰보던 사원 관련 책을 그가 신기해하며 빌려달라고 하자 서정은 큰맘 먹고 갖고 있던 책 중 영문판 하나를 그의 툭툭이에 비치하도록 기증했다. 찬의 관심은 그때뿐이었다. 열심히 공부해 툭툭이 기사가 아닌 정식 가이드가 되겠다고 꿈을 내비치면서도 그는 서정이 사원을 둘러보는 내내 툭툭이 천장에 매달린 해먹에 누워 빈둥대기만 했다.

―굿모닝!

찬은 여느 날처럼 특유의 미소로 서정을 맞았다. 하얀 치아가 만들어내는 미소가 익숙한 편안함으로 다가오면서 서정의 가슴 한편에 드리웠던 울울함이 조금씩 가셨다.

서정은 크로스백에서 지도부터 꺼냈다. 잘 접힌 손수건이 펼쳐져 커다란 보자기로 변했다. 사원이 워낙 많아 이름만 대면 찬도 잘 모르거나 헷갈려 해서 목적지를 눈으로 꼭 확인시켜야 했다. 그럴 때는 신참 티가 역력했다.

―지난번 갔던 데잖아?

서정이 가리킨 곳을 본 찬이 의아해하며 물었다.

―맞아. 한 번 더 가보려고.

서정은 여행 방법을 바꾸기로 했다. 남편 못 바꾸면 자동차라도 바꿔야지, 라던 결혼 십이 년차 친구의 얘기에서 힌트를 얻은 것이다. 박물관 생각도 접었다. 새로운 곳을 자꾸 찾아다니는 것보다 그동안 다니면서 마음이 끌렸던 곳을 한 번 더 찾아가는 것도 괜찮은 방법일 것 같았다. 지난번 들렀던, 씨엠립 시내에서 한 시간 거리에 있던 근교의 사원은 도중에 펼쳐지는 시골길이 유난히 마음에 들었다. 황토 먼지 풀풀 날리는 길을 달리고 있으면 유적지가 아니라 시골 할머니 집을 찾아가는 기분이었다. 다른 점이라면, 황톳길 좌우로 산이나 구릉지가 아니라 평야가 끝 간 데 없이 펼쳐져 있고 그 위로 열대의 태양이 일 년 내내 빛을 내리쬐고 가끔씩 스콜을 뿌려주는 축복받은 땅이라는 것, 산비탈을 일궈야 하거나 혹한의 겨울을 견뎌야 하는 보릿고개에 얽힌 할머니의 옛이야기 같은건 상상도 할 수 없는 기름진 땅이라는 것이었다. 일 년 열두달 내내 열대 과일과 농작물이 쉬지 않고 자라는, 겨울을 준비할 이유도, 다음날을 걱정할 필요도 없는 곳이었다. 인내와 부지런함은 척박한 땅의 사람들에게나 미덕이지 축복받은 땅의 사람들에겐 청승일 수도 있겠다 싶었다. 황토 먼지를 일으키며 달리는 내내, 민족성이나 개인의 기질 같은 건 환경에의 적응이 낳은 자연스런 결과물이라는 것, 이런 환경에 살면서 부지런하다는 건 진화가 덜 된 인간에 불과하다는 낯선 진실까지 일깨워주는 길이었다.

가우디박물관 안 들른 거 후회 안 해? 샤워기 앞에 선 서정은 문득 오래전 P의 질문을 떠올렸다. 땀과 먼지로 범벅이 된 몸으로 호텔에 돌아와 샤워기 아래 서면, 첫 커피를 타서 든 사무실에서처럼 생각이 원활해졌다. 그날 여행을 되돌아보고 다음날 일정을 세우는 일도 샤워를 하면서였다. 나중에, 일

끝내고 나면! 서정은 P가 어떤 제안을 해와도 흔들리지 않았다. 일을 시작하면서 그녀는 목적을 이루기 전까지는 절대 한눈팔지 않으리라, 다짐했던 것이다. 그런 각오가 서른에 접어들고는 여행 가서 무슨 일이라도 생기면 어쩌나, 하는 이상한 염려증으로 바뀌었다. 젊음을 오롯이 바쳐 이룩한 결실을 확실하게 거두고 나면 보란듯 다른 삶으로 나아갈 생각이었다. 황금 사과가 바로 눈앞에 있었다. 조금만 더 손을 뻗으면 움켜쥘 수 있을 만한 곳…… 눈 깜짝할 새였다. 불쑥 나타난 낯선 손이 그 눈부신 열매를 잡아채 가버린 건.

*

─일단 박물관으로 가자고. 입장권은 내가 직접 끊을 테니 신경 쓰지 말고, 혹시 입구에 경찰이 있으면 멀찍이서 내려주면 되고……

서정은 걸림돌이 될 만한 것을 헤아려 미리 차단했다.

여행을 잘 마무리하고 싶었다. 그동안 발품 팔고 다녔던 곳곳의 유물 유적을 한눈에 보며 차분하게 정리할 수 있는 방법으로 박물관만 한 것은 없어 보였다. 그것은 여행의 의미 있는 마무리를 위한 의식처럼 그녀의 마음에 다시 자리 잡았다. 무엇보다 마지막 기회였다. 다음날이면 이곳을 떠나야 했던 것이다.

그녀가 사원을 오갈 때마다 유난히 눈에 띄던, 현대식 건물의 박물관이 멀리서 자태를 드러냈다. 촨은 그곳을 향해 유유히 툭툭이를 몰았다. 지난번과 달리 초입에는 경찰도 없고 사람들도 별로 붐비지 않았다. 서정의 방문을, 그리고 그녀 여행의 뜻깊은 마무리를 위해 오래전부터 기다리고 있었기라도 한 듯 그곳은 이른 아침의 사원처럼 차분하고 평화로운 분위기였다.

툭툭이가 마침내 멈췄다. 서정은 내려서서 레드카펫이라도 밟는 기분으로 입구로 향하는 계단을 올랐다. 한 계단 한 계단 조심스럽게 올라선 그녀는 마침내 박물관과 마주했다. 감회가 밀려왔다. 그동안 여러 번 시도했으나 이런저런 사정으로 번번이 인연이 빗나갔던 것이다. 이제야 오게 되다니. 그것도 여행 마지막 날……

안도의 숨을 내쉬던 서정은 이내 이상한 낌새를 챘다. 그 넓은 입구에 그녀 혼자였던 것이다. 아무도 없었다.

'Closed'

유리문 손잡이에 걸린 작은 팻말 하나가 상황을 설명해주었다. 순간적으로 주춤했지만 서정은 이내 마음을 가라앉혔다. 그 자리에 서서 박물관을 멀거니 바라보았다. 지붕에서 기둥과 바닥에 이르기까지 건물의 실루엣을 따라 찬찬히 시선을 옮겨가노라니 아주 오래전부터 이런 일을 예감해온 것 같았다. 굳이 손을 뻗지 않아도 가슴속에 들어와 고스란히 내 것이 되는 것, 그런 것을 생각하며 그녀는 담담하게 돌아섰다. 아무 일도 없었던 것처럼……

무음의 계절

이철주(문학평론가)

1. 소리의 눈

하나의 소리가 태어난다. 하나의 소리가 죽는다. 죽은 소리는 자신을 지우고 피안의 어딘가로 제 지친 몸을 떠나보낸다. 하지만 아주 가끔 이곳을 떠나지 못하는 소리들이 태어나곤 한다. 얼굴을 뭉개고 성대를 뜯어내고도 자신을 채 지우지 못한 소리들이 도시의 골목골목을 흘러 다닌다. 무음의 태풍이 되어 도시의 소음 사이를 통과해간다. 어떤 소리도 어떤 온기도 서로를 보듬지 못하는 이 철저하고도 차가운 무음의 응시는 소리의 눈이 강제하는 타자의 율법이다. 이 율법 속에서 모든 소리는 최초의 강렬한 충격과 동경, 그리고 그 모든 갈

망들의 소진과 연소의 흔적들을 현상한다. 무음의 소리를 들여다본다는 것은 이미 꺼져버린 잿더미로부터 가장 뜨겁고 선명했던 한때를 복원하는 일이고, 그렇게 끌어올린 추억의 온기 속에 결코 발을 적시지 않는 일이다. 이 언뜻 숭고해 보이기까지 하는 구원의 장면은 그러나 결코 쉽지도 낭만적이지도 않다. 무음으로부터 복원되는 것은 무음의 실재가 아니라 언제나 복원하는 자의 자기 반영적 목소리일 수밖에 없기 때문이다.

복원하는 자는 이 무음의 눈에 삼켜지고도 자신이 무음을 응시하고 있다는 환상에 빠진다. 때로 그 환상은 무음의 눈이 강제하는 치명적 진실로부터 이곳을 가려주는 역할을 하기도 한다. 무언가를 바라보고 있다는, 그로부터 충분한 안전거리를 확보하고 있다는 착각이 이 위태로운 위로를 지속시킨다. 그러나 어떤 환상도 영원할 수는 없다. 소리의 눈은 기어코 생의 가장 비루한 곳까지 찾아와 역으로 이곳을 응시하며 나의 부재와 추락을 증명한다. 갈망과 타락을, 견고한 허기와 두려움을 꿰뚫어 본다. 이 소리의 눈에 둘러싸인 황폐한 도시의 풍경은 표명희의 소설이 태어나는 곳이자 돌아가는 이정표이며, 연대와 구원의 약속 주변을 서성이면서도 결코 포기되지 않는 극한의 자기 윤리이다.

표명희 소설 속 인물들은 무허가 다세대 주택의 초라한 방 한편에서 유령처럼 스치며 살아가는 옆집 여자의 생을 추적

해보기도 하고(「탑소호족 N」) 그로부터 어떤 공감의 연대에 도달하기도 하지만, 자신이 만들어낸 환상이 역으로 스스로를 되비추는 폐허의 공동에 도달한다. 가령 「내 이웃의 안녕」에서 '나'가 끝도 없는 불안정한 생활의 한 굴곡을 버텨내는 유일한 끈은 야반도주해버린 아래층 남자가 남긴 정체불명의 냄새인데, 이는 실패하고 추락해버린 생의 부재가 역으로 '나'의 패배를 되비추는 자리일 뿐 섣부른 위로나 공감으로 환원되지 않는다. 아래층 남자를 기억하며 떠올리는 '나'는 안전하고 그럴듯한 방 안에서 타자를 멋대로 회상하고 추측하는 주체가 아니라 위층 사람들을 괴롭히고 말 담배 연기가 되어, 부재하는 존재를 증명하는 불편한 타자가 되어 주체들의 삶 곳곳에 지워지지 않는 냄새로 스미는 길을 선택하기 때문이다. 표명희의 단편들은 이 날카로운 마주침의 순간 하나를 만들어내기 위해 단단하게 담금질된 우회로이다.

이번 네번째 소설집의 시작을 여는 「밤의 소리.mp3」 역시 타자의 심연으로부터 되돌아오는 응시의 찰나를 선명하게 담아내고 있는데, 소리에 대한 환상이 붕괴되는 지점을 보여줌으로써 실제의 소리보다도 더 그럴듯하다고 받아들이는 우리 안의 소리들('음 분열증')에 주목한다. 도시라는 '저충실도'의 음향 환경에서 우리는 소리를 그 자체로 받아들이지 않고, 이미 우리 안에 들어와 있는 소리들로 환치하여 처리한다. 수없이 밀려들어오는 소리들로부터 스스로를 보호하기 위하여,

아파트 내 평온하게 분리된 사각형의 방 안에서 자기만의 안전함을 확인하고 즐기기 위하여 모든 소리들은 얌전하고 편안한 소리들로 대체된다. 거친 목소리들은 추방된 채 가청 범위 바깥으로, 존재의 바깥으로 내몰린다. 이 밀려난 소리들에 발언 기회를 제공하는 것은 A의 기계이다. 물론 음향 전문가인 A의 기계는 있는 그대로의 소리를 녹음하고 들려주는 것이 아니라 실제의 소리보다 더 실감 있는 소리를 만들어내기 위해 고안된 것이다. 그러나 이는 "원음을 소외시키는 일"이며 "소리의 즐거움이 진실과는 멀 뿐"(28쪽)임을 확인케 하는 일이기에 A는 회의감에 빠진다. A는 지난밤 이미 해석되어버린 소리들을 추적하다 결국 해석 이전의 소리층에 도달하게 되는데, 그 앞에서 A가 할 수 있는 일이라곤 까마득히 펼쳐진 거대한 무음의 세계 앞에 자신을 열어놓는 것뿐이다.

이 단호한 침묵 속에서 무엇을 들을 수 있겠는가. 문학이 그려야 할 '현실'은 무엇인가에 대한 작가 스스로의 본원적 성찰이 담긴 이 단편에서 표명희가 명료하게 드러내는 것은 바로 무음 자체이고, 무수한 상상과 의혹을 거두어낸 팽팽한 긴장의 공간이다. 타인의 실패와 회한과 상처로부터 희망의 열기와 추억의 온기를 읽어낸다 한들, 그로부터 어쩌면 자신도 여기를 넘어설 수 있다는 탄탄한 목소리를 빌려갈 수 있다 한들, 거대한 벽으로 둘러싸인 현실은 여전히 견고하고 감당해야 할 침묵의 무게는 날이 갈수록 늘어갈 것이다. 현실과 희망 사이의 간극을 이어 붙여 오늘 하루 견뎌야 할 차가운 냉기를 막는 것도 중요하지만, 그 냉기에 집어삼켜지지 않도록 가짜 희망이라도 품는 것이 필요할지 모르지만, 무슨 짓을 해봐도 침묵은 사라지지 않을 것이다. 세상과 자신 사이의 간극을 어루만지고 다독여주던 투명한 망토와도 같았던 '책'들의 세계가 "미세한 오차가 쌓이고 쌓여"(132쪽) 무너진 이후의 풍경을 보여주는 「복구」 역시 '책'들 세계로의 복귀가 아닌 '책'으로 인해 가능했던 환상과 추억들의 방생으로 끝맺고 있음은 주목을 요한다. 표명희의 소설은 이 자리에서 시작하고 되돌아온다. 힘들게 이 무음의 계절을 떠난다 한들 '침묵'은 아주 잠시 서성이다 기어코 돌아올 것이다. 그리고 그 모든 것들을 공평무사한 무음 속에 집어삼킬 것이다. 표명희의 소설도 그렇다.

2. 비상하는 오류

등단작인 「야경」(2001)에서부터 표명희는 비상을 꿈꾸다 좌절당한 인물들의 뒷모습을 꾸준히 그려왔다. 물론 대부분은 비상이라 말하기에도 뭐할 만큼 소박하고 평범한 꿈이지만, 좌절된 꿈의 자리는 참혹하고 날카롭다. 암 투병과 함께 흉측한 몰골의 신체와 마주하게 된 어머니와 그런 어머니를 간호하며 자신의 청춘도 간병의 울타리 속에 가둔 딸의 이야기를 그린 「야경」은 살아남기 위해 눌러둔 욕망이 꿈틀거리며 깨어나는 밤의 시간을 투명하게 그려냈으며, 첫번째 소설집의 표제작이기도 한 「3번 출구」는 새로운 삶을 디자인할 수 있다는 성형에의 환상과 그 환상이 좌초된 자리를 선명하게 대비시켜 보여주었다. 이후 그의 단편들에는 대학 시간강사, 어학원 강사, 번역가, 고시원 총무 알바생, 영화 스태프, 연극배우 등 비정규직 노동자들이나 프리랜서들이 줄곧 등장하는데, 이는 위태로운 대한민국의 현실을 반영하는 것이기에 앞서 그가 보여주려는 좌절된 꿈의 자리를 이들 인물군이 가장 선명히 보여주고 있기 때문일 것이다.

이러한 경향은 이번 소설집에서 특히 두드러지게 나타나는데, "꿈을 찾아 빠져드는 일도 그것이 아름다울 수 있는 기한이 있다"(「그녀는 프로」, 50쪽)라거나 "삶의 특정한 시기에만 의미 있고 가능한 일"(「동조선 이야기」, 96쪽)이라든지, "선택지가 없다는 것도 축복이라는 걸 깨닫게 될 날이 올"(「거돈사지」, 199쪽) 거라는 인물들의 진술은 모두 가망이 보이지 않는 길을 선택한 인생의 막막함을 잘 보여준다. 이들은 대개 한때의 열정으로 유학길에 오르거나, 가난을 무릅쓰고 포기할 수 없는 꿈을 선택했던 인물들로 이제는 더 이상 유예시킬 수 없는 차가운 현실의 문턱 앞으로 밀려나 있다. 그들 주변에는 마찬가지로 낭만적 꿈의 길을 선택했으나 적절한 시기에 현실을 선택한 인물들이 놓여 있고, 그들 앞에서 흔들리고 절망한다. 놓쳐버린 "포기의 타이밍"(「그녀는 프로」, 66쪽)에 아쉬워하며 현실의 무게에 짓눌리면서도, 식물인간이 되어버린 딸을 포기하지 않는 억척스런 올케의 강인함 앞에서 불가능한 비상의 끈을 다시 한 번 움켜쥐게 되기도 하지만, 이는 완전한 구원이나 해갈은 될 수 없다. 오류란 단 한 번의 도약으로 생의 바깥으로 추방할 수 있는 것이 아니기 때문이다.

이렇듯 부패하고 무너지고 어긋난 지점에서, 이를 고통스러우나 정직하게 바라보는 자리에서 '오류'들은 비상한다. 좌절된 꿈이 아니라 '오류'들이 비상한다는 점이 중요하다. 좌절된 꿈의 비상은 꿈의 낭만적 순수를 가정하지만, '오류'의 비상은 실패와 부재로만 증명되는 꿈의 자리를 직시한다. 이들은 좌절될 수밖에 없는 꿈을 포기하지 못한다는 점에서 오류이지만, 비상의 자리에서조차 오류로서의 꿈의 자리를 망각하지 않는다는 점에서 윤리적이다. 가령 이번 소설집의 표제작이기도 한 「아무 일도 없었던 것처럼」에서 서사를 이끌고 가는 동력은 '서정'과 툭툭이 기사 '찬' 사이의 미묘한 신경전이지만, 그 밑바탕에 깔려 있는 핵심 동기는 오류에 대한 강박증이다.

한때 야심만만했던 디자이너이자 정상을 코앞에 두고 있던 회사의 공동 창업자나 다름없던 서정은 충분히 의심을 했음에도 결국 '사람'을 믿었기에 회사의 몰락을 피할 수 없었다는 자책감에 빠져 있는 인물이다. 재치 있고 능력 있는 찬에게 마음이 가면서도 그가 완전히 통제되지 않는다는 이유로 믿지 못하는 서정은 여행 내내 찬이 불러일으키는 불안감에 쫓긴다. 서정이 세 달 만에 캄보디아를 두번째로 방문하게 된 것도 이러한 초조함 때문인데, 도시의 도처에서 나뒹구는 사원의 부서진 조각들이 건네는 여유롭고 자유분방한 느낌을 지울 수가 없었던 것이다. 적어도 모두가 부서진 꿈들의 잔해에서 살고 있는 땅에선 자신의 실패 역시 그리 특별할 게 없었을 테니까. 그러나 서정은 이미 도시 자체가 몰락한 꿈의 박물관임에도 유독 박물관을 특별한 장소로 생각하며 이 여행의 마지막 목적지로 삼으려 한다. 박물관이라는 장소가 강제하는, 대상과 '나' 사이의 객관적이고 차가운 거리가 실패한 꿈과의 치명적인 얽힘 역시 정리해주리라 믿었기 때문이다.

'나'가 꿈꾸는 것은 이 몰락으로부터의 벗어남이고 해방이다. 실패와 함께 살지 않겠다는, 오류를 끊어내고 다시 정상궤도로 돌아가겠다는 이 절박한 꿈은 그러나 그 진실한 마음만큼이나 치명적인 오류이다. 오류를 부정하는 오류. 오류를 지워내려 엉뚱한 대상에 매달리는 오류. 비상을 꿈꾸는 이 오류의 여정은 그러나 자신이 그토록 보고자 했던 박물관이 문을 닫았다는, 어쩌면 자신은 처음부터 아주 오래전부터 그걸 알아왔다는 사실과 마주하며 끝이 난다. 그러나 "아주 오래전부터 이런 일을 예감해온 것 같았다. 굳이 손을 뻗지 않아도 가슴속에 들어와 고스란히 내 것이 되는 것, 그런 것을 생각하며 그녀는 담담하게 돌아섰다. 아무 일도 없었던 것처럼"(238~239쪽)으로 끝나는 이 소설의 최종 목적지가 허무주의적 체념인 것만은 아니다. 어차피 인생은 그런 것이니 받아들이는 수밖에 없다는 체념에는 끝끝내 받아들이지 못한 '외부'의 이질감이 남는다. 설령 그것이 인생의 진리라 하더라도 '받아들여야' 할 것으로서 이는 여전히 나의 '바깥'에 있는 것이다. 하지만 표명희가 도달하는 지점은 애초부터 우리 안에 있었던, 그럼에도 이를 반복하며 살 수밖에 없는 비상의 오류, 혹은 오류의 비상과 관계한다.

폐사지에서 사라져간 열정과 비상의 흔적들을 읽어내고 그 복원을 꿈꾸는 「거돈사지」에서 '그'가 "세상의 모든 탑은 사탑"(201쪽)이라는 걸 깨닫는 것 역시 이와 무관하지 않다. 염원과 꿈이 쌓이고 쌓여 하늘을 향해 자신을 도약시키는 모든 탑은 조금씩은 기울고 뒤틀린 인간의 오류를 그대로 담아내고 있다. 여기에는 오류의 너머가 아니라, 오류와 함께 비상하려는 모든 꿈들의 몸짓이 쓸쓸한 뒷모습의 그림자처럼 짙게 투영되어 있다. 저 너머를 지나면 이 오류를 끝낼 수 있다는 믿음은 오류의 너머가 멀고 아득할수록 진한 핏빛 무게로 여기를 증거한다. 비상하는 오류의 매혹 앞에서 우리가 가끔 말을 잃고 선명한 침묵에 사로잡히는 건, 꿈틀거리는 오류들의 몸짓 속에서 오래전에 떠나보낸 줄 알았던 죽은 꿈들의 눈빛과 마주하게 되기 때문일 것이다. 오류로서 태어나 오류로 밖엔 자신을 증명할 수 없었던 꿈들의 마지막 비상이 표명희의 문장과 함께 타올랐다 사라진다. 희망은 왜 늘 오류일 수밖에 없으며, 어째서 오류 속에서만 희망은 진실할 수 있는가를 집요하게 묻는 표명희의 응시는 소설이 도달하려는 진실의 자리가 어디인가를 담담히 되묻는다.

3. 거울과의 동행

결국 자기 자신이 누구인가를 발설하는 것은 자신의 치명적인 비밀과 닮아버린 타인들이다. 그들은 너무도 태연히 '나'의 비밀과 허점을 아무렇지 않은 표정과 목소리로 누설해버린다. 달리 무슨 의도가 있어서가 아니다. 그들에게 이는 주어진 자연이고 본성이다. 다만 그 앞에서 스스로가 온전히 노출될까 두려워 안절부절 못하는 수많은 '나'의 불안과 상처가 있을 뿐이다. 세번째 소설집에 수록된 「쇼핑 좋아하세요?」에서 타인의 장바구니를 훔쳐 계산하던 지영의 진실도 자신과 꼭 닮은 일주와 마주하면서 비로소 드러난다. 전 호텔리어 출신의 학원 강사와 불안한 프리랜서 티시(투어 코디네이터)의 만남은 이들이 동경하는 화려한 세계와 누추하고 초라한 현실 사이의 아득한 거리를 상기시키고, 화려했던 시절을 포기하지 못하는 욕망의 자리를 응시한다. 그러나 섬세하게 포착한 인물들의 욕망이 무분별한 개인의 허영 정도로 환원되는 일은 표명희의 소설에서 일어나지 않는다. "자신의 황금기였던 호텔리어 시절을 되돌려준, 일종의 환각제 같"던 일주의 장바구니를 소비하면서 지영은 조금만 방심해도 자신의 세계 저 바깥으로 쫓겨날 것만 같던 불안을 다독여왔기 때문이다. 정박된 욕망의 자리에서 끊임없이 물러날 것을 강요하는 현실의 불가항력 앞에서 인물들이 행하는 뒤틀린 비상의 몸짓은 살아남기 위해 견뎌야 했던 절망의 기록들이다.

이와 같은 구도를 이번 소설집에 수록된 「동조선 이야기」에서도 찾아볼 수 있다. 소설은 스모 선수에 대한 이야기로 시작된다. 이십대에 생의 절정을 경험하고 단 몇 초 만에 명확한 승부가 결정 나며 재기에 성공하지 못하면 금세 잊히고 단명하는 거구의 선수들. 낯선 일본의 전통 스포츠이지만 선아의 눈에 이는 '(헬)조선'의 삶에 대한 은유이자 현실 그 자체이다. 물론 정확히는 그런 삶조차 현실이 아닌 '이상'이라는 점이 이 은유가 지닌 뼈아픈 아이러니이다. 누구나 이십대에 생의 절정을 맛보기를 꿈꾸며 시장 한복판으로 내몰리지만 현실은 취업준비생일 뿐이며, 승부는 십 년을 기다려도 '내년에는' '다음에는' 하며 희망고문으로 무기한 연장되기 일쑤이다. 보편화된 해외 경험과 유학 경험으로 꿈은 높아질 대로 높아졌지만 돌아온 '(헬)조선'에서 맞이하는 건 고질적인 학연, 지연 등 폐쇄적이고 불합리한 장벽들이다. 물론 자기를 매번 입증하지 못하면 지금 가까스로 붙잡은 자리마저 유지하지 못하고 단명한다는 점만큼은 스모 선수들의 운명과 다르지 않지만.

소설은 선아가 어린 시절부터 '동쪽' 조선, 즉 일본에 대해 가졌던 동경과 열정의 시선들이 현실과 마주하면서 하나 둘 무너져 내리는 진실의 자리를 따라간다. 그 여정에는 마찬가지로 자신과 매우 닮아버린, 그래서 애처롭지만 불편하기도 한 사촌이 있다. 사촌은 일본의 전형적인 1인 가구 세대주, 즉 독거노인인데 그의 삶은 어찌 보면 지극히 평탄했다. 일본에서 조선인이 성공하는 길은 공부뿐이라 믿었던 부모님의 엄격한 교육에도 불구하고, 그런 꿈의 허황됨을 일찌감치 깨달은 그는 학교도 포기한 채 택시 운전기사로서의 삶을 살아왔다. 그에게는 1년에 두어 달 머물다 가는 여자 친구도 있고 어쩌다 가끔 찾아오는 자식들도 있지만 근본적으로 지워낼 수 없는 외로움이 깊이 묻어 있다. 그의 정성스런 손님 접대와 하루이틀 선아의 떠남을 미루는 핑계와 약속들은 한편으로 선아 내면에 자리하고 있는 불안과 나약함을 일깨운다. 이곳에 오래 머물다간 저 치열한 전쟁이 벌어지는 현실의 무대로 되돌아갈 수 없을 것 같다는 불안감, 그러나 한편으론 어쩌면 이곳이 자신의 자리일지도 모른다는 의문이 선아의 발걸음을 무겁게 만든다. 선아의 일본행은, 치열한 경쟁의 자리에서 쫓겨난 그녀가 다시 현실에 발을 디딜 힘을 얻기 위해 선택한 '도피'이자 '회복'의 여정이었고, 이는 '돌아갈 순간'에 정박된 유예의 시간일 뿐이었다. 사촌은 이 고정된 유예의 시간에 억눌려 살아가는 '스모 선수'들의 삶을 그 바깥에서 조용히 바라보고 응원한다. 선아의 시간이 저 고정된 모래판 속 선수들의 삶인지 아니면 어느덧 사촌처럼 그 바깥에서 응원하는 삶의 시간이 되어버린 것인지는 불확실하다. 술을 사러 나가곤 돌아오지 않는 사촌을 기다리며 선아가 마주하고 있는 시간은 어쩌면 그 불확실한 경계 자체를 자신의 시간으로 받아들이는 시간일 것이다.

「명찰놀이」에서도 이 거울과의 동행은 계속된다. 초등학교 친구 정숙과의 만남은 소설가가 된 수현이 부정해왔으나 흔들려왔던 세속적 삶의 세계를 끄집어낸다. 어느 날 갑자기 연락해와 삶의 한복판으로 불쑥 들어온 정숙에 대한 기억이 수현에게는 없다. 존재감이 없는 아이였기 때문이라는 건데, 물론 이는 수현이라고 해서 크게 다르지는 않았다. 존재감이 없던 시절을 거치고 소설가가 되었지만, 명목만 겨우 유지하고 있는 작가의 삶을 살고 있는 수현을 정숙은 추켜세우며 환대한다. 수현은 의심한다. 자신을 성공의 빌미로 삼으려는 수작이 아닌가 하고. 하지만 자신은 전혀 기억도 못하는 것을 세밀히 기억하고 있는 정숙의 비상한 기억력과 "시종일관 담백하고 절제 있는 어조"(146쪽)가 풍기는 당당함에 압도된다.

적어도 표면상 정숙에게서는 콤플렉스를 지우기 위한 어떤 과장도 찾아볼 수가 없었기 때문이다.

이후 서사는 30년 전 존재감 없던 아이가 뒤에서 막대한 영향력을 발휘하는 존재가 되어버린 사연을 쫓아간다. 존재감이 없다는 사실에 가장 큰 갈망과 허기를 느끼고, 하루하루 절치부심하며 마침내 영향력 있는 존재가 되어버린, 오직 그것만이 삶을 추동하는 목표이자 이유가 되어버린 어떤 '속도'를 수현은 정숙에게서 발견한다. 30년 만에 만난 초등학교 친구들은 각자의 역할을 부여받은 명찰을 달고 모두 정숙의 영향력 놀이 속에서 있는 힘껏 역할놀이를 하고 있었고, 수현은 존재감 있는 작가로서의 삶에 이끌렸던 욕망의 허망함과 마주한다. 정숙이 건네는 달콤한 유혹에 대한 단호한, 최초의 거부로 끝나는 이 소설에서 정숙은 가시화된 수현 내부의 욕망일 뿐, 거절한다고 해서 완전히 쫓아낼 수 있는 외부의 존재가 아니다. 설령 수현이 정숙이라는 존재 자체를 자기 인생에서 지워버리게 된다 할지라도 이 불편한 동행은 삶이 남아 있는 한 계속될 것이다.

이번 표명희의 네번째 소설집이 일관되게 보여주는 어떤 자세를 명명할 수 있다면 그것은 아마 무음과의 동행이 될 것이다. 아무리 들여다보려 해도 자기 자신만을 되비추는 타인의 심연이든, 실패할 수밖에 없는 꿈 앞에서 실패와 희망을 동시에 끌어안으려는 어떤 바깥의 시선이든, 은폐된 진실을 적나라하게 노출하는 거울상이 발설하는 실재의 풍경이든 우리는 저 아득한 무음의 시선 앞에서 어떤 자신만만한 표정도 자세도 내려놓은 채 그들과의 불편한 걸음을 계속할 수밖에 없는 것이다. 표명희의 소설이 풀어놓은 이 무음의 계절은 아직, 한 번만 더를 외치며 하루의 고된 노동을 되풀이하는 인물들의 허기에 찬 시선에 응답하지 않는다. 다만 어떤 있음으로도 가릴 수 없는 없음이 있음을 또 한 차례 반복하고 그 당연한 사실을 한 번 더 확인할 뿐이다. 그의 소설 속 인물들은 때로 어떤 위로와 확신을 얻어가기도 하고, 자신이 발견해낸 사실에 어떤 의미를 부여하기도 하지만, 여전히 차갑고 단단하게 놓인 무음으로부터 벗어나지 못한다. 무음의 계절에 사로잡힌 그들은 오히려 그 계절의 무게를 철저히 느끼고 부딪침으로써, 오직 그때에만 선연히 떠오르는 바깥의 감각을 꿈꾼다. 무음이 강제하는 진실 앞에서 그래도 이렇게 묵묵히 걸어가는 생들이 있다고, 그들과 함께 아무렇지도 않은 듯 또 이렇게 하루를 걸어가는 상처들이 있다고 되뇐다. 이렇게 또 하나의 계절이 지나간다.

　네번째 소설집이다. 첫째 둘째 셋째라는 서수의 친근함에
비하면 넷째는 왠지 울타리 밖의 숫자 같은 느낌이다. '삼세
번'이라는 말도 있듯 삼이 마무리와 안도의 느낌이라면 네번
째는 다시 새로운 시작이라는 부담을 안고 있어서가 아닐까.
작품을 계속 써오면서도 네번째 소설집은 쉽게 상상하지 못
했던 일이다. 그러니 이 책은 작가의 예측과 상상을 넘어선
사건이라 할 수 있겠다.

　작품들을 한자리에 모아놓고 보니 '칩거' 아니면 '여행'이
라는 극단적인 생활의 흔적이 역력하다. 타고난 천성에 작가
라는 직업의 자유로움이 만들어낸 이 기형적 삶이, 촘촘하고
안정적인 관계망으로 이루어진 사회에서 갖는 결함을 잘 알

고 있다. 작품 생활을 해오는 내내 네번째 소설집을 상상하기 어려웠던 것도 그 결함과 무관치 않다는 것도……

내 주위에 드리운 관계의 크레바스 같은 그 서늘한 틈새를 어떻게 메울지, 메울 수나 있을지조차 잘 모르겠다. 달리 생각하면 그 어둡고 무시무시한 간극이 그나마 나를 여기까지 오게 했을지도 모른다는 일말의 심증, 그 희미한 근거에 기대고 싶을 뿐이다. 틈새란 잘못 디디면 헤어 나올 수 없는 심연이기도 하지만 그것의 자각은 걸음마다에 긴장과 조심성을 얹어주기도 하므로.

스스로 자아낸 가느다란 줄로 허공에 쳐나가는 거미줄이 거미의 무모한 의지가 아니라 타고난 운명에 따른 일이라면 거미줄과 그 거미의 운명을 어쩌겠는가. 이 어설픈 비유로 스스로에 대한 위안과 독자를 향한 변명을 대신하며 또 하나의 분신을 세상에 놓아 보낸다.

새로운 삼세번을 향해 내딛는 첫걸음일 수도 있는 이 결실에 안전하게 이르도록 길동무와 길잡이 역할을 동시에 해준 강출판사 식구들께 감사드린다.

2019년 5월
표명희

수록 작품 발표 지면

밤의 소리.mp3 _『한국문학』 2013년 겨울호 (원제 「심야의 소리.mp3」)

그녀는 프로 _『현대문학』 2015년 8월호

동조선 이야기 _『한국문학』 2018년 상반기호

복구 _『21세기문학』 2015년 여름호

명찰놀이 _『내일을여는작가』 2015년 겨울호

거돈사지 _『월간태백』 2017년 12월호 (원제 「폐사지 거돈」)

아무 일도 없었던 것처럼 _『한국문학』 2016년 가을호

아무 일도 없었던 것처럼

© 표명희

1판 1쇄 발행 | 2019년 5월 17일

지은이 | 표명희
펴낸이 | 정홍수
편집 | 김현숙 이진선
펴낸곳 | (주)도서출판 강
출판등록 | 2000년 8월 9일(제2000-185호)

주소 | 서울시 마포구 동교로 17안길 21(우 04002)
전화 | 02-325-9566
팩시밀리 | 02-325-8486
전자우편 | gangpub@hanmail.net

값 14,000원
ISBN 978-89-8218-238-9 03810

이 도서의 국립중앙도서관 출판예정도서목록(CIP)은 서지정보유통지원시스템 홈페이지
(http://seoji.nl.go.kr)와 국가자료종합목록시스템(http://www.nl.go.kr/kolisnet)에서 이용하실 수 있
습니다. (CIP제어번호: CIP2019017499)

* 이 책에 실린 몇몇 작품은 토지문화관 문인 창작실에서 집필되었습니다.
* 이 책은 인천문화재단 예술표현활동 지원금을 받아 발간되었습니다.
* 잘못 만들어진 책은 구입처에서 교환해드립니다.